COLLECTION FOLIO

Olivier Frébourg

Un homme à la mer

Mercure de France

Olivier Frébourg est né à Dieppe en 1965. Flaubert et Maupasssant furent les maîtres et complices de son adolescence. Éditeur et journaliste, il a notamment publié *Nimier, trafiquant d'insolence* (prix des *Deux Magots*, 1990), *Port d'attache* (prix François Mauriac de l'Académie française et prix Henri Queffélec, 1998), *Souviens-toi de Lisbonne* et *Maupassant, le clandestin* (Folio n° 3666).

Pour Martin et Jules

« Au coucher du soleil, quand vient le crépuscule, on s'étend pour dormir sur la grève de mer. »

HOMÈRE

« J'ai besoin de reprendre la mer, la mer solitaire sous le ciel, Et tout ce que je demande, c'est un fin voilier, et une étoile sur laquelle régler mon cap. »

JOHN MASEFIELD

Avant-propos

En mer, à l'approche des Açores, quand l'Atlantique annonce le bleu des tropiques, Blaise Cendrars, passager de la cabine n° 6, qui vit hublot ouvert, « *libre comme un homme* », me donne l'idée d'écrire des lettres-océan.

Sans doute n'attendez-vous aucune nouvelle de moi. Mais depuis la fermeture du bar du Pont-Royal, cet ultime comptoir maritime de la rive Gauche, je passe plus de temps au bord de la mer et dans les ports du monde qu'à Paris. Il est temps de vous indiquer ma latitude.

Ma vie relève des affaires maritimes. Les bateaux et les voyages m'ont permis d'échapper aux corvées, à la routine. J'ai caressé la peau du monde par ses ports. J'ai appris aussi à réduire la voilure, à regarder les trois-mâts blancs filer vers les tropiques, allure grand largue.

Je me suis souvent ennuyé à quai. À défaut d'être marin comme mes ancêtres, j'ai vécu le long du littoral. J'erre de navire en navire, de cimetière marin en phare isolé au milieu d'un archipel qui se métamorphose selon les marées et les brumes.

J'ai fui mon époque et en même temps j'ai plongé dans les cuisses du monde pour entendre le tempo des maracas et la sirène des steamers. Combien de fois me suis-je retrouvé perdu dans un port, une zone au bout de la terre, en songeant que décidément je négligeais les affaires de ma génération. J'aurais dû faire preuve d'ardentes ambitions. « *Lost in the harbour* », c'est une chanson de Tom Waits, le seul cap que j'ai suivi à peu près correctement. Pourquoi ai-je passé ma vie à bord des bateaux tout en étant un piètre marin ?

La mer tend vers la solitude et trace, dans le même élan, cette route mouvementée qui mène vers les autres. Selon Scott Fitzgerald, « *toute vie est, bien entendu, un processus de démolition* ». Pour moi, toute vie est un naufrage. Si nous savions les écueils et les mauvais courants qui nous attendent, il y aurait peu de chances que nous larguions les amarres. Et pourtant nous prenons la mer, découvrons que les journées d'un homme sont une ennuyeuse partie de cabotage. Voilà ! On rentre au port. Machines stoppées. On descend la coupée, on se souvient du bleu et des tempêtes.

Le trafic maritime m'a permis de mener une carrière clandestine de rêveur, de rencontrer enfin la mer libre de l'oisiveté. J'ai l'impression d'avoir trouvé au milieu des sacs de marchandises, entre les docks et les bassins, une vérité plus lourde, plus parfumée que celle des magazines qui codifient notre conduite et notre pensée.

L'une des situations idéales de la littérature est une conversation de bar, la nuit, dans un port entre un homme et une femme. Ils y parleraient d'un monde qui s'écroule, de guerres lointaines, de la beauté des long-courriers et des aubes bien plus splendides que les couchers de soleil. Bien évidemment, ils boiraient autant qu'ils le souhaiteraient. Il est donc possible d'envisager la présence d'un barman. Et peut-être même d'un piano. Admettons que ce journal de bord réunisse, au creux de la nuit, les éclats alcoolisés de cette conversation amoureuse.

Paquebot

Le 7 janvier 1971, *Antilles*, paquebot de la Compagnie générale transatlantique, fait route vers l'archipel des Grenadines. C'est l'hiver en Europe, la douceur des alizés dans la Caraïbe. À la vitesse de vingt nœuds, le commandant espère atteindre, pour le coucher du soleil, la pointe nord de l'île de Saint-Vincent.

Antilles, sa coque blanche, sa poupe arrondie, sa cheminée rouge et noir, légèrement inclinée vers l'arrière, son allure mélancolique inséparable de toute noblesse maritime.

À bord, deux cent quatre-vingt-cinq passagers croisent entre la Gayra et la Barbade. Cet après-midi, ils sont nombreux, autour de la piscine baptisée Palm Beach, à l'arrière du bateau, entre le pont-promenade et le *sun-deck*. Le commandant fait réduire la vitesse à seize nœuds. Ils peuvent ainsi admirer la découpe de l'île Moustique où habitent trois cent cinquante sujets de Sa Majesté la reine d'Angleterre, et qui ne compte qu'un taxi, un Land-Rover à bout de souffle.

Du pont, les passagers devinent les maisons de style colonial et pourraient presque toucher les palmiers des plages. Ils voient aussi les habitants leur adresser des signes de la main. Ils y répondent par de chaleureux mouvements de bras. La mer est bleu gouache.

Après avoir longé l'île par l'est, *Antilles* vire de bord et s'engage dans une passe entre les rochers Single Rock et Double Rock. Autour des planches du Palm Beach, les passagers pensent déjà au punch qu'ils boiront devant le coucher du soleil. Les enfants s'amusent dans la salle de jeux située sous les grandes lettres du paquebot, qui s'illuminent la nuit : *A.N.T.I.L.L.E.S.* Mais ce n'est pas encore la nuit.

Le pilote du petit avion de tourisme qui survole le navire distingue nettement ces lettres et les passagers autour de la piscine. Le commandant et le timonier, deux Bretons, lèvent les yeux de la passerelle. Ils remarquent le passage de l'avion dans l'axe de leur bateau.

À 16 h 18, une vibration sourde puis une seconde parcourent *Antilles* des cales jusqu'au mât de pavillon. Les passagers et l'équipage ont ressenti ce tressaillement de la coque. La mer dans son épais silence a tremblé. Le long corps de cent quatre-vingts mètres d'*Antilles* se fige.

À la passerelle, les alarmes sonnent les unes après les autres. Une voie d'eau s'est ouverte dans la chaufferie. À quarante-six ans, le commandant, l'un des plus brillants de la Compagnie générale transatlantique, promis à prendre le *France*, a compris : son bateau vient de talonner. Avant de s'engager entre Single Rock et Double Rock, il a pourtant vérifié les cartes marines. La française date certes de 1861 mais a été remise à jour par les services du Shom. Elle indique une profondeur de treize mètres, soit quatre mètres quatre-vingts d'eau sous la quille. La britannique donne une profondeur de sept *fathoms*, soit douze mètres quatre-vingts. Selon les relevés, le rocher le plus proche se trouve à deux cent soixante-dix-huit mètres.

D'où vient cette clameur ? Trois minutes après, le commandant reçoit un message de la station radio de Saint-Vincent : « Attention, vous suivez une route dangereuse. » Le commandant dépêche alors un charpentier, qui pratique un sondage autour de la coque : il relève un fond de sept mètres et non de douze. Le commandant ordonne de mouiller l'ancre puis envoie un message radio signalant l'avarie à l'agence de la Compagnie générale transatlantique, à Fort-de-France.

Mon père, alors capitaine d'armement à la Martinique, reçoit le message dans son bureau. Il a trente-neuf ans. Il connaît *Antilles*. Il en a été le second capitaine pendant de longues années. Le jour de ma naissance, il se trouvait à bord, au large de Caracas, et avait envoyé un télégramme à ma mère : « Ma chérie, nous sabrons le champagne en pensant à toi. »

Le commandant lui adresse un second appel : « Incendie à bord. Demande assistance de remorqueurs. » Mon père a un sombre pressentiment. À bord, il avait en charge la sécurité. Immédiatement, il fait appareiller un cargo, le *Suffren*, et un bananier, le *Pointe-Allègre*, de la Compagnie générale transatlantique, en escale dans le port de Fort-de-France. Les deux navires vont porter secours à leur frère d'armes.

À cette heure, je suis sorti de l'école. J'ai regagné notre villa des Rochers, au milieu de la savane. Avec Marie-Gabrielle, dont je suis amoureux, j'y construis des cabanes. Et dans les arbres immenses nous jouons aux aviateurs. La savane, royaume de l'enfance sur lequel règne André, le jardinier, membre du Parti communiste martiniquais d'Aimé Césaire. Coiffé de son bakoua, le chapeau antillais pointu, armé d'un coutelas, il cite Rousseau et Diderot. Il nous terrifie.

Au cinéma Le Triomphe, à Fort-de-France,

L'étranger dans la maison, d'après Simenon, avec James Mason et Geraldine Chaplin. Et aussi *La modification*. Au Colisée, *Seul contre les mercenaires* retient mon attention mais ma mère me juge trop jeune pour ce western. J'ai cinq ans, une chemise à carreaux orange et noirs, un bermuda.

Nous sommes à sept mille kilomètres de la métropole pompidolienne. Jacques Chaban-Delmas vient de former son second gouvernement. Pour la première fois, après la Grande-Bretagne, la France se dote d'un ministère de l'Environnement. Je vis dans la nature tropicale. Les journées d'école s'écoulent à l'ombre des lauriers-roses. Mon jeu préféré : attraper les lézards sur la terrasse. J'aime aussi assister à leurs combats quand leur gorge flamboyante se gonfle. À la tombée du soir, les chauves-souris descendent en piqué sur nos têtes.

Quand mon père téléphone à la maison, il ne fait pas encore nuit. Ma mère nous annonce l'accident d'*Antilles*. Silencieux, nous dînons dans la grande salle à manger carrelée de noir et de blanc qui s'ouvre sur la terrasse.

Antilles est le bateau de tous nos rêves. À son bord, deux ans plus tôt, nous avons quitté la France pour la Martinique. Les meubles ont été embarqués dans un conteneur. Nous sommes partis de Dieppe pour gagner Le Havre en voiture.

Route de marins rejoignant leur port d'attache avant le grand voyage. J'ai quitté le pays de Caux, tourné le dos à l'Auberge du Cygne à Tôtes, où Maupassant a situé *Boule de Suif* et Flaubert écrit en partie sa *Bovary*.

Au Havre, *Antilles* nous attend, quai Joannès-Couvert. Maintenant il glisse dans le bassin Théophile-Ducroq puis dans l'avant-port. Je dis adieu à la métropole dans les bras de mon père, agitant la main en direction de mes grands-parents stoïques, au bout de la jetée, avec leur mouchoir blanc et leurs gants de filoselle.

La vraie vie commence. Nous menons grand train, mon frère et moi. Le matin, je sonne le garçon de coursive. Petit déjeuner dans la cabine de première classe. Mes parents en ont une autre. Nous échappons à leur surveillance. Je me fais très bien au luxe de la French Line. La journée se passe autour de la piscine Palm Beach, à jouer au palet et dans la salle de jeux où une garde d'enfants aux allures d'institutrice anglaise — mon père me racontera plus tard qu'elle collectionnait les amants — nous révèle les joies du théâtre de marionnettes. J'ai surtout une prédilection pour une voiture à pédales semblable à celle de l'espiègle Abdallah, le fils de l'émir Mohammed ben Kalish Ezab, dans *Tintin au pays de l'or noir*. Seul chagrin : un matin, mon frère jette dans la piscine mon hors-bord orange miniature tiré par une Chrysler en plastique gris aux ailes de papillon. Mon embarcation coule à pic.

À bord d'*Antilles*, au large de Moustique, l'incendie se propage des chaudières jusqu'aux ponts supérieurs. *L'oiseau de feu*, la tapisserie de la salle à manger des première classe, s'embrase. Les lances à incendie sont dérisoires. Le commandant décide l'évacuation des passagers. Il reste à bord avec une équipe de sécurité. La nuit tombe. Les alizés restent frais. Pareilles à des bras de naufragés, les feuilles de palmiers bruissent dans le crépuscule : on dirait qu'il pleut.

À 18 h 17, les bombards et chaloupes de bâbord sont mis à l'eau. Vingt-trois minutes plus tard, les embarcations de tribord. Le cargo *Suffren* et le bananier *Pointe-Allègre*, qui ont appareillé de Fort-de France, font route de nuit vers Moustique. Des fumées s'élèvent d'*Antilles*. Les sabords éclatent sous la chaleur. Le bateau est encore éclairé. Les grandes lettres lumineuses se détachent dans la nuit tropicale. Avec ses derniers hommes restés à bord, le commandant lutte contre l'incendie. Bientôt, les lances ne crachent plus que de la vapeur.

Le commandant appelle mon père une dernière fois sur un poste de secours : « J'abandonne le navire. » Les lumières s'éteignent. Le feu boursoufle la coque blanche. *Antilles* est un bûcher.

Dans la lueur d'un clair de lune parfait qui, dans d'autres circonstances, aurait invité à un tête-à-tête avec la croix du Sud, les chaloupes se dirigent vers la plage de Grand Bay et d'autres vers l'îlet de Bequia. À minuit, du rivage, les passagers regardent le feu d'épave qui troue la nuit lunaire. Ils ont froid.

Le jour se lève sur les Grenadines. Les passagers ont trouvé refuge à bord du *Suffren*, du *Pointe-Allègre* et du *Queen Elizabeth*, qui croisait dans la Caraïbe. Aucun disparu n'est à déplorer.

Antilles se transforme en épave. Elle émerge comme une tumeur sur une peau trop bronzée. Autour, la mer, saine, a retrouvé sa respiration naturelle, son irisation d'argent. On ne voit aucune trace du mazout qui aurait pu s'échapper des soutes. La coque est déformée. Les garants des chaloupes pendent lamentablement dans l'eau comme des filins enserrant un cachalot harponné. La coupée est à la verticale du bateau. Une embarcation servant à la promenade des passagers est restée suspendue contre le flanc bâbord : l'équipage a dû rater sa mise à l'eau lors de l'évacuation. La cheminée s'est enfoncée dans la salle à manger des première classe. La poupe du bateau est sortie de l'eau. Une main puissante l'a poussée hors des flots. *Antilles* repose sur un récif de corail.

Déjà, les habitants de Moustique le réclament comme butin de guerre. Ils n'ont pas dormi de la nuit. Ils ont guidé les canots de sauvetage vers la côte. Ils se disent pauvres, prêts à raviver la rivalité maritime entre la France et l'Angleterre, souveraine sur l'île. Le chauffeur de taxi, propriétaire du vieux Land-Rover, prétend avoir transporté deux cents passagers. Le pavillon tricolore ne flotte plus au sommet du mât d'*Antilles*. Même échoué, brûlé à vif, un navire français garde sa fierté nationale.

Je comprends la perte d'*Antilles*, notre paquebot, quand, le surlendemain du drame, je vois son commandant monter d'un pas lent l'escalier de la villa des Rochers qui mène à la terrasse. Il a le visage grave mais l'allure digne de l'homme qui encaisse les coups de poing du destin. La chemise blanche de son uniforme est brûlée par endroits. Ce souvenir me hante encore.

J'ai dû apprendre à vivre sans *Antilles*, cette part de moi-même. On vit avec ses morts. Dans ma chambre d'enfant, mon studio de jeune homme, mon appartement d'homme marié, ma maison en Normandie, je n'ai jamais quitté *Antilles* des yeux.

J'écris ces pages sous son écorché : il est de profil, nu. La découpe laisse apparaître ses machines, ses chaudières, épicentre du séisme qui devait le tuer. Si l'on trace une verticale, on atteint la cheminée et dessine la ligne de fracture sur la coque. *Antilles* a fini par se briser, couler.

Au-dessus de l'écorché, des photos supposées faire la réclame de la piscine bleue du Palm Beach, du bar privé des première classe, de la salle de lecture et d'écriture. Ah, ces livres de Gilbert des Voisins entoilés de bleu et frappés au dos de l'ancre dorée de la marine et des lettres CGT (Compagnie générale transatlantique) !

Quand un de mes amis s'aventure vers les Grenadines, je lui dis : « Va voir l'ombre d'*Antilles.* » Aujourd'hui encore, j'ai sous les yeux les photos de l'épave. Je les garde comme les clichés d'une scène de crime. Certaines ont été prises par mon père quand il affréta un hors-bord de Saint-Vincent pour atteindre le lieu du naufrage. *Antilles* est coincé entre deux molaires, Single Rock et Double Rock. Vu de la proue, sous un angle large, il semble happé par une mâchoire. Désossé, il sera vendu à un ferrailleur vénézuélien.

Le commandant est jugé par ses pairs au Havre. Il avait rempli sa mission : divertir ses passagers — consigne donnée à tout commandant de paquebot — en s'approchant des Grenadines et de l'île Moustique. Il avait choisi sa route après avoir consulté les cartes. Aucun écueil signalé. Il s'était engagé. Les insulaires de Moustique avaient adressé des signes aux passagers quand ils avaient vu le bateau choisir une route dangereuse connue d'eux seuls. Un avion avait décollé, survolé *Antilles* mais n'avait exécuté aucun battement d'ailes, signe conventionnel, pour signaler un cap dangereux. Trois minutes après l'enrochage, le commandant avait reçu le message de la station de Saint-Vincent l'avertissant du péril.

Le commandant d'*Antilles* est acquitté par le tribunal maritime. On loue le sang-froid qu'il a montré pendant l'évacuation. Seules les cartes marines sont mises en cause : « Commandant, conclut le commissaire du gouvernement, vous avez en perdant votre navire subi le pire des châtiments. Une peine quelconque n'aurait aucune mesure avec ce châtiment. Je demande donc l'acquittement. » Le commandant reste dans la famille. Il ne commandera plus de paquebots. Il était écrit qu'*Antilles* devait mourir dans sa mer homonyme. Le jour du naufrage, il fêtait ses dix-huit ans, l'âge où les légendes commencent à disparaître. Sa mort annonce le déclin de la ligne française.

Punch

Deux ans avant son naufrage, *Antilles* fait route vers la baie de Fort-de-France. Je ne sais pas ce qui m'attend. Aux côtés de mon père, la vie est une fête. Je me coule dans le bleu. C'est mon baptême d'enfant des tropiques. En dessous de l'archipel des Açores, on passe dans un autre monde, mon équateur intime. J'ai trois ans et demi. Je ne perçois pas encore cette ligne de passage. Combien, plus tard, je comprendrai Cendrars : « On dirait que l'Atlantique va déborder sur le ciel./Tout autour du paquebot c'est une cave d'outremer pur. »

Le port de Fort-de-France ressemble à un dessin de Marin-Marie. De beaux bananiers blancs avec leurs mâts de charge : *Fort-Joséphine*, *Pointe-des-Colibris*. La baie est fermée par le fort Saint-Louis et les pitons du Carbet. Fort-de-France, l'ancien Fort Royal du XVIIe siècle, au temps du marquis de Baas, premier gouverneur général des

Antilles. *Fort-Royal*, nom du dernier bateau que mon père commandera.

En 1969, la Martinique est une île verte, penchée sur un bleu profond. L'agence de la Compagnie générale transatlantique ? Une case de tôle ondulée, rafraîchie par des ventilateurs à la Loustal. Les quais sentent la banane, le bois, la grume. Les dockers y travaillent torse nu, coiffés de leur bakoua. Le poète et agent des Messageries maritimes Louis Brauquier, en route vers Nouméa où il est nommé subrécargue, y fait escale en 1930 : « On y trouve, pour encore quelques années sans doute, des souvenirs du charme créole et de la poésie des îles, des maisons de style colonial, des femmes assez nombreuses, vêtues, comme au temps des vieilles marines, du madras et de la longue robe de couleur. »

À l'école des Lauriers-Roses, autour d'une grande table, sous un auvent à claire-voie, l'institutrice, une matrone martiniquaise, nous donne chaque matin des coups de martinet. Mon sang de Normand s'échauffe. Enfance de goyave, de maracuja. J'ai un cœur de fruit de la passion. « Je ne puis adorer une ardeur sans y mêler l'amour de mangues et goyaves », écrivait Supervielle.

Mes parents mènent une vie mondaine, sous les palmiers : cocktails, dîners, réceptions à bord des navires en escale. À la maison, près d'une copie d'un Gauguin, des cartons d'invitation : « Le commandant et Madame recevront le… », « Dîner à la résidence du préfet... », « À l'occasion de l'escale du *France* à Fort-de-France… ».

À l'aube, mon père est déjà sur le port. Le soir, il rentre se doucher. Au volant de sa magnifique BMW blanche aux phares rectangulaires, il emmène maman vers d'autres résidences. Mon frère et moi regardons à la télé, dans la chambre de nos parents, *Arsène Lupin*. Fort-de-France, préfecture de zinc. D'un côté, les békés, descendants d'émigrés de l'Ancien Régime, enfants illégitimes de la noblesse. Ils sont planteurs, propriétaires de l'économie locale. Blancs, parfois chabins, c'est-à-dire un peu roux, ils parlent avec l'accent traînant créole. Ils vivent et se marient entre eux. Consanguinité sociale mélangée au sang ambré du rhum.

Les métropolitains sont les fonctionnaires et les Blancs affectés à la Martinique. Les hommes transpirent, les femmes s'ennuient, s'enivrent dès le second punch, le « petit 50 », comme on l'appelle ici. Censé contenir moitié moins de rhum, il en affiche en réalité le double. Je les trouve belles, ces femmes de trente à quarante ans avec leur robe au-dessus du genou, leurs escarpins et leur chignon. Elles roulent au volant de Mehari ou de Fiat 500. J'envie mon père : elles l'appellent « Commandant » avec un grand sourire. Sa secrétaire essaie de le détourner du cap de la fidélité en lui présentant ses trois jolies nièces. Les couples éclatent comme une grenade au soleil.

Entre métropolitains, les femmes s'échangent. On assiste un dimanche, sur une plage, à un spectacle insolite : un mari trompé propose à l'amant de sa femme de lui vendre l'épouse volage. Prix : dix mille francs. Acquittée ! Vendue ! Avec les autres enfants des villas des Rochers, nous épions, cachés derrière les terrasses, la comédie des tropiques. La vie amoureuse passe par le punch.

On apprend à doser le rhum blanc ou vieux avec du sirop de sucre quand d'autres boivent du jus d'orange dans leurs premières boums. On laisse le planteur, trop sucré, aux touristes des hôtels. Les Antillais avalent six punchs de suite, sans dégât. Les femmes-papillons s'y brûlent les ailes. Le punch reste mon vin de messe. Les mauvais coups du destin, les feux de joie, nous les avons fait flamber au Bailly, La Mauny, Trois-Rivières et Nesson. À bord des paquebots et des cargos de la French Line, le punch est servi d'office. C'est une internationale. Une façon de glisser nos îles dans les bouteilles : Adieu foulard ! Adieu madras !

J'aime la sonorité du punch. Il évoque le coup de poing du boxeur, l'énergie du musicien : « Punch, indique le Dictionnaire de la langue française, est le nom d'une boisson alcoolisée que les Anglais apprirent à connaître aux Indes. D'après Fryer (*Account of East India*, 1698) le mot serait emprunté au marathi et hindi *punch*, du sanskrit *panchan* "cinq". »

Le punch, selon Morand, fit fureur chez les Anglais : « Punch antillais, martiniquais, punch chaud, flambé, froid, glacé ; punch au rhum ; bol, verre de punch ; boire un punch ; prendre du punch. C'est le Londres même de 1800 qui s'enrichit de toute la misère continentale, qui attire chez lui l'or de l'Europe, puis court à ses plaisirs, ou bien s'installe autour du grand bol à punch. »

« Punch » a remplacé le mot *poncha* en 1750. L'Hôtel de la Ponche, à Saint-Tropez, où descendaient Sagan et Laurent, est-il né sous le signe du rhum antillais ?

Je me souviens de ces soirées sur la terrasse où le punch était accompagné d'acras de morue et de boudins noirs pimentés. Les piments, le bocal où marinent des années ces berlingots des tropiques. L'odeur forte, citronnée, le parfum des Antilles ! Quand le ciel est trop gris, les jours trop lourds, je plonge mon nez dans cette cale à épices qui m'emporte vers les îles. Punch, piments, mes combustibles ! J'ai brûlé mes vaisseaux. Je suis Vendredi, le sauvage ébouriffé, les lèvres brûlées par le sel. Quel que soit le costume derrière lequel j'habille ma nature, je reste un boucanier, un type qui se la coule douce entre les îles de la Tortue et de la Dominique.

Morand encore : « 1916, septembre : toute une soirée un homme à l'accent créole, à la voix sourde comme celle d'un récitant de Conrad, me révèle la poésie des Antilles, la noblesse du rhum : c'est Saint-Léger Léger. »

Né sur l'île des Feuilles, en face de Pointe-à-Pitre, Saint-Léger Léger *alias* Saint-John Perse passe son enfance en compagnie d'un chien de sauvetage entre la plantation caféière, au pied de la Soufrière, et Le Bois Debout, plantation sucrière devant l'île des Saintes. Cette enfance antillaise, comment peut-il s'en remettre une fois installé avec sa famille en France, à Pau, où Francis Jammes le réchauffe de son amitié ? Saint-John Perse dont j'apprendrai la poésie : « J'ai rêvé, l'autre soir, d'îles plus vertes que le songe... Et les navigateurs descendent au rivage en quête d'une eau bleue. »

Il n'est jamais retourné sur son île. Il s'est amarré au quai d'Orsay, a filé vers la Chine, négocié la paix en compagnie de Briand, vécu comme un quaker américain de la côte Est. Il a approché son île natale sans jamais l'embrasser. Il est passé aux Samoa, a embarqué pour une croisière aux Antilles, où il apprend la mort de Larbaud. Il a même vogué vers la Grenade, l'île aux épices, à proximité du futur linceul d'*Antilles*.

En abandonnant la Guadeloupe, il se condamna à l'exil. Sa poésie a la grandeur, l'envolée, la déception du palmier. « Palmes... ! Alors on te baignait dans l'eau-de-feuilles-vertes, et l'eau encore était du soleil vert, et les servantes de ta mère, grandes filles luisantes, remuaient leurs jambes chaudes près de toi qui tremblais. »

Normande, la famille paternelle de Saint-John Perse possédait un fief autour de Dieppe, ma ville natale, et d'Arques. Elle fit souche au Havre avant l'installation de François Salomon Le Dantre, l'aventurier de la famille, à la Guadeloupe, en 1775, comme capitaine de marine et armateur.

J'aime quand la Normandie se teinte d'ébène. Son littoral la porte naturellement vers les Antilles. Sur une carte marine, une ligne relie la Manche à la Caraïbe. Il faut suivre cette inclination naturelle. Nos blancs bananiers ont assuré la liaison entre Dieppe, Basse-Terre et Fort-de-France. Les sangs cauchois et créole sont faits pour se mêler. Cela évite au premier de se scléroser dans le bocage. L'odeur des bananes a disparu des quais de Dieppe, qui depuis longtemps n'est plus le premier port bananier de France. Mais je reste attaché à cette Normandie d'outre-mer.

Après tout, le père de Maupassant n'avait-il pas

des traits créoles ? J'aime cette nouvelle, terrible, *Boitelle* : histoire d'un Normand devenu vidangeur de puisards parce qu'il n'avait pas épousé une belle négresse, bonne au Café des Colonies, au Havre : « Ce goût de l'exotique, il l'avait dans le sang, comme on a celui de la chasse, de la médecine ou de la prêtrise. »

Un jour, Boitelle décide de présenter son coup de foudre à ses parents, cultivateurs à Tourteville, près d'Yvetot. Le village est en émoi devant l'apparition, cette image d'Épinal. Effrayés par l'attroupement, les parents Boitelle ne s'en remettent pas : « Mon pauv' gars, vrai elle est trop noire. Seulement un p'ti au moins je ne m'opposerais pas mais c'est trop. On dirait Satan. » Et Boitelle fils de raccompagner son égérie au train. Plus tard, il se mariera avec une autre : « Oui, et j'peux pas dire que ma femme m'a déplu pisque j'y ai fait quatorze enfants mais c'n'est point l'autre, oh non, pour sûr, oh non ! L'autre, voyez-vous, ma négresse, elle n'avait qu'à me regarder, je me sentais comme transporté… »

Moi, je me sens emporté quand j'écoute une biguine. Le punch est le feu, la biguine, un serpent de mer. Il faut la danser avec une Antillaise comme apprendre la salsa avec une Cubaine. Un moustique, appelé sous ces latitudes un yen yen, ne doit pas pouvoir s'immiscer entre les deux corps. La biguine a l'allure d'un bateau qui appareille pour l'ailleurs.

À chaque escale de paquebot à Fort-de-France, la Transat enrôle le ballet de Loulou Boilaville, qui compte quelques beautés. À bord, les ponts sont illuminés et sur le parquet des salons je frémis devant les Martiniquaises au dos nu et à la cambrure affolante. Avec leur madras, leur jupon blanc brodé, leurs grands anneaux dorés aux oreilles, elles ressemblent à des bohémiennes de l'amour. Elles dansent pieds nus : la grâce.

Plus tard, jeune homme, au cours d'un autre voyage en Martinique, je danserai avec l'une de ces grandes, belles et souriantes jeunes filles — comme les femmes chez nous ne savent plus sourire. Fourré dans Baudelaire, je m'imaginerai au bras de Jeanne Duval. « Quand tu vas balayant l'air de ta jupe beige/tu fais l'effet d'un beau vaisseau qui prend le large,/chargé de toile, et en roulant suivant un rythme doux et paresseux, et lent/les yeux fermés, je respirais un parfum exotique et me trouvais sur une île paresseuse où la nature donne/des arbres singuliers et des fruits savoureux ;/ des hommes dont le corps est mince et vigoureux. »

Je suis affligé de terribles hallucinations : je vois dans chaque femme un bateau. Les grandes sont des frégates, les plus petites des goélettes. C'est devenu chez moi un fétichisme amoureux. Il y a quelques mois j'étais à Bora Bora, en Polynésie. Le soir, je suis sidéré par les jeunes filles de Vaitape qui répètent le Heiva, la fête annuelle, sous la direction d'un réré, homosexuel vénéré, maître de ballet. J'ai un côté gogo devant les danseuses. Sous le charme de l'ukulélé, du toere (morceau de bois à percussion), du paha (tambour), je regarde ces filles du ciel, de l'eau, du soleil. Dans un mouvement fluide, elles se déhanchent tout en laissant leurs épaules immobiles. Avec leurs bras, elles dessinent des légendes maritimes.

J'imagine les matelots du *Bounty* découvrant les arrière-grand-mères de ces demoiselles. Entre la dentelle britannique et le paréo tahitien, ils n'ont pas hésité.

Depuis mon enfance aux Antilles, je me sens porté vers le Sud, l'insouciance, les parfums, réfractaire au Nord, à la norme, à la loi. Je suis monsieur Bovary en chemise Hawaï. Ces beautés me font aimer le monde. Je danse avec les Argentines, perce la nuit avec les Catalanes, chante la mélancolie avec les Portugaises, éclate de rire avec les Vietnamiennes, bois des daiquiris avec les Cubaines, le café avec les Érythréennes, embrasse la croix orthodoxe des Éthiopiennes.

Je les emmène toutes sur mon paquebot. Comme les danseuses du groupe de Loulou Boilaville, que je retrouve une autre fois à bord du *De Grasse*. Est-ce pour nous consoler du naufrage d'*Antilles* que mon père nous offre, à ma mère, mon frère et moi-même, une croisière ? Lui reste travailler à Fort-de-France. Deux mois après le naufrage d'*Antilles*, la Transat a acheté une fortune un paquebot norvégien, le *Bergensfjord*. Rebaptisé *De Grasse*, il n'est pas sans ressembler à *Antilles*. Mais rien ne peut remplacer le bateau des origines.

Nous embarquons à Fort-de-France avec des amis de mes parents, tous de la Transat. Nous naviguons vers Caracas, la Barbade, Curaçao, franchissons la ligne de l'équateur, passage qui suscite toujours des cérémonies plus ou moins grotesques. Ce voyage me laisse peu de souvenirs. C'est un divertissement entre parenthèses. Quelques années plus tard, il prendra feu, lui aussi. Les paquebots de mon enfance ont tous fini dans les flammes.

« Notre âme est un trois-mâts cherchant son Icarie. Une voix retentit sur le pont : "Ouvre l'œil !" Une voix de la hune, ardente et folle, crie : "Amour… Gloire… Bonheur !" Enfer ! c'est un écueil ! »

Les beaux navires blancs se transforment toujours en épave.

Pour le moment, je retourne à Fort-de-France

à bord du *De Grasse*. Notre dernière année aux Antilles. Les jours sont moites. Je me rafraîchis de quenettes, ces fruits à la peau de liches mais d'un orangé et d'une saveur subtils. Aucun autre fruit, même le légendaire durian asiatique, n'aura la douceur de ces quenettes achetées devant la mairie de Fort-de France.

Le week-end, nous filons à bord de la BMW 1800 vers les plages du sud de la Martinique. Sainte-Anne, les Salines ont nos préférences. Nos parents boivent le ti punch, les pieds dans l'eau. Nous escaladons les cocotiers. Les plages sont encore désertes dans les années soixante-dix. Dans l'air une odeur de lambi et d'oursin grillé. Au large se découvre le somptueux rocher du Diamant, où les Anglais ont capturé la marine française. Le soleil est brûlant. Nous nous baignons avec des T-shirts à l'effigie de Puerto Rico, du *De Grasse*, du *France*.

Le navire amiral de la Compagnie générale transatlantique vient parfois mouiller en rade de Fort-de-France. Vu de la vedette qui nous y conduit, on dirait un gratte-ciel à l'horizontale dans la mer des Antilles. Le commandant, Neptune à la barbe de Zeus, demande à ma mère : « Madame, quel champagne voulez-vous boire ? »

Le *France* est si grand qu'il nécessite deux commandants. Il a la froideur des transatlantiques profilés pour la grosse mer, l'étrave coupante. Les ailerons de ses cheminées évoquent des ailes de Mirage. C'est notre Versailles maritime. Rien de la blanche rondeur d'*Antilles*.

À Sainte-Anne, nous déjeunons aux Filets Bleus. Je prends goût au crabe farci, au poulet-piment. Mes parents n'ont pas quarante ans. La belle vie ! Parfois, nous partons vers d'autres îles. Mon père n'hésite pas à affréter un petit avion. Nous atterrissons à Sainte-Lucie, Saint-Barthélemy. Nous y retrouvons notre Normandie : les femmes au sang viking y portent la coiffe du pays de Caux !

À cette époque, je dispose d'une valise bleue de toile frappée au chiffre d'Air France. Il n'est pas rare le dimanche matin de me voir traverser la savane devant notre villa des Rochers, rentrant à la maison après une nuit chez les parents de ma fiancée, Marie-Gabrielle. Je prends l'habitude de quitter les femmes de ma vie pour la beauté de l'aube. J'apprends la solitude.

C'est dans cette valise que je rangerai mes souvenirs des Antilles quand nous reviendrons en métropole. Pour moi, la Martinique ce n'était pas la France. C'était mon île, mon tropique, mon amoureuse. Je suis un paysan normand encanaqué par une liane d'ébène. J'ignore alors tout de la terre de mes ancêtres.

Je vais quitter cette vie de plages, de cocktails, de paquebots, de carnavals où j'étais déguisé en diable rouge. Nous finissons notre séjour à l'Hôtel du Lido. Est-ce à la Martinique que j'ai appris à aimer les hôtels ? La famille a des projets : acheter une nouvelle voiture, un chien. Avec mon frère, nous écoutons *La Californie*, de Julien Clerc.

Un soir d'alizés, nous larguons les amarres à bord du *Pointe-Allègre*, le bananier venu à la rescousse d'*Antilles*, la nuit du 8 janvier. Je ne me souviens pas de ce retour. Je vois seulement le bateau en mer, les vagues recouvrant le pont, dans l'Atlantique. Je suis parti pour les Antilles à bord d'un paquebot. Je rentre à bord d'un bananier. Ma vie baisse d'un cran.

Le manoir d'Ango

Dieppe, les maisons de la rue Jules-Ferry, la lumière d'automne. Je suis orphelin des goyaves, des mangues. Cette école Richard-Simon en brique rouge où mes grands-parents ont été instituteurs. Je découvre l'odeur de la IIIe République, le grand escalier qui mène aux classes sent le linoléum, la cire, la Javel.

Je garde avec moi comme un carnet de voyage mon livre d'enfant, *Féfé l'Antillais*. Ma vie est bornée par les talus du bocage normand. Elle a un goût de pomme sure. C'est quoi, cette odeur de purin ? Je troque les noix de coco contre les marrons lisses. Les corbeaux, lourds de menaces, traversent la plaine de Hautot-sur-Mer. J'apprends par cœur *La frégate la Sérieuse*, d'Alfred de Vigny. Je déteste l'école : où sont les maracas, la mer bleue, la vie chaloupée ? Je soûle mes nouveaux copains avec mes histoires antillaises.

Mon père reprend la mer. Il commande des

navires qui desservent l'Atlantique Nord, la Baltique : le *Cleveland*, le *Michigan*, le *Sibelius*. Les noms de ses bateaux n'ont plus rien de tropical. Chaque jour, je vois ma mère lui écrire. Quand il croise en mer de Manche, à quelques milles de la maison, il nous appelle par Saint Lys Radio. Les nuits de brouillard, il ne quitte pas la passerelle. La charpente de la maison grince. Je prie pour que la mer ne soit pas trop forte contre mon père.

Chaque semaine, je lis dans *Le Marin* la page Prévisions, qui annonce le mouvement des navires. Je connais le nom de toutes les compagnies maritimes françaises et celui des commandants. Le *Pointe-la-Rose* est à Fort-de-France, l'*Atlantic-Cartier* à New York, le *La Fayette* à San Francisco, *Auvergne* à Valparaiso. Dans ma chambre, sur la mappemonde bleu nuit de la Compagnie générale maritime, s'allument les feux de tous les ports du monde.

Nous vivons au rythme des escales. Quand mon père touche Bordeaux, Le Havre, Dunkerque, ma mère le rejoint par des routes verglacées. Parfois, je l'accompagne. Nous formons un drôle de couple, maman et moi. Nous sommes sur les quais avant l'arrivée du bateau. Les remorqueurs font rugir leurs moteurs. Nous regardons mon père à la manœuvre. Nous tremblons pour lui. Les lamaneurs accrochent les amarres. Les ordres grésillent dans les talkies-walkies. Mon univers : les bassins européens, les hangars, les grues, les cloches des dockers. Ces jours d'escale sont des parenthèses ; elles m'arrachent à ma prison de terrien.

À bord, ma mère dévore les romans de la bibliothèque : Simenon, Agatha Christie. Je tape de faux rapports de mer. J'éprouve du plaisir à regarder les opérations de manutention, les fumées de cheminées dans le ciel gris et maritime. À terre, je visite l'agence de la compagnie, je suis reçu par le capitaine d'armement. Au Havre, nous déjeunons dans le quartier Saint-François, qui commence à se vider de ses marins. Les équipages sont transportés par des taxis bretons vers le Trégor ou le Léon. Je monte et descends la coupée grasse d'huile et de sel.

Parfois nous accompagnons mon père dans un périple européen. Je ne manque pas un appareillage ou une arrivée au port. Je découvre le monde d'une passerelle de navigation. Je me penche sur la table des cartes. J'admire le tracé d'une route au crayon. Le compas, le rapporteur, la règle Cras : les instruments de l'artisan des mers. Suivre un cap, une longitude, une latitude. Le reste du vocabulaire français me semble fade.

« Pilote à bord », « En avant lente », « Barre dix à gauche », « Comme ça », les ordres sont secs, répétés. Le bateau glisse dans une moire sombre. J'écoute le bruit du gyroscope. J'aime la mélodie de la VHF branchée sur le canal 16, ces voix inconnues émises des bateaux du monde entier. J'appartiens à cette famille de nomades. Ils me racontent leurs histoires, leurs navigations dans le Pacifique Nord, leurs souvenirs de paquebots.

Un jour, le bateau de mon père traverse une effroyable tempête. Ma mère monte à la passerelle : elle veut mourir à ses côtés. Les vagues déferlent sur le pont. Soudain, le black-out : coupure d'électricité générale. Le bateau n'est plus manœuvrable. Sans moteur, c'est un fétu de paille dans des creux de douze mètres. Mon père tente de relancer les machines : une fois, deux fois. Rien ! Ma mère enfonce ses ongles dans la main de papa. Elle pense à ses deux futurs orphelins. À la troisième tentative, les machines repartent. Certains navires de la Compagnie générale transatlantique, qui deviendra en 1974 la Compagnie générale maritime, s'abîmeront en mer, s'échoueront, couleront. À la fin de sa carrière, mon père soufflera de ne pas avoir mis un bateau au sec : terminé les machines !

Mon père est un homme d'ordre. Cette rigueur est corrigée par un sens de la fête, un sourire qui réchauffe le cœur de ses passagers et de son équipage. Lieutenant, second capitaine, capitaine de troisième, de seconde, de première classe, commandant principal, mon père peut envisager de prendre un jour le commandement du *France*. Mais la flotte française est liquidée. Le *France* vendu. Les marins se mutinent au large de Honfleur. Le *France* est désarmé. Nous sommes en larmes.

C'est un long hiver. Nous allons le voir, quai de l'Oubli, au milieu des vaches et des folles herbes. *Antilles* coulé ! *France* bradé ! Dépression sévère.

Je retrouve Dieppe, mon port d'attache. Lui aussi connaît une fin de règne qui ne veut pas se terminer. Ses capitaines ont découvert le Brésil, navigué jusqu'à l'océan Indien, cartographié le monde. Sous le second Empire, grâce à la duchesse de Berry, Dieppe est une station balnéaire à la mode. Très vite, Deauville et Trouville lui voleront la vedette.

C'est un port bananier. Des bateaux blancs s'amarrent quais de Norvège, de Dakar. Les affaires tournent à plein. Mais le port n'est pas assez grand pour accueillir les porte-conteneurs géants. Début du déclin.

Dieppe est aussi un port de pêche. Mon grand-père maternel est patron pêcheur. Breton, né à l'île Tristan, il a des yeux bleus, une intelligence aiguë, un sens maritime inné. Comme tout marin de son époque, il ne sait pas nager. De Boulogne jusqu'à Quiberon, il est connu sous le nom de Loup blanc. À dix-sept ans, il commande un chalutier au large de la Mauritanie. Homme bon, athlétique, adoré de son équipage, et d'une douceur rare dans ce milieu, il me parle des étoiles, du vent de noroît. Mon père me dira qu'il n'a jamais connu de marin respirant aussi bien la mer.

Dieppe, ville communiste comme Le Havre, Douarnenez, cernée par la crise. À sa tête, une bourgeoisie à bout de souffle. Avec ses maisons du XVIIIe, son quartier de pêcheurs du Pollet, elle me promet un destin confiné. J'ai quitté l'été de la vie pour la langueur de l'automne.

Aux beaux jours, je prends plaisir avec mon grand-père paternel et mon frère à inspecter nos racines normandes. Instituteur, fils de paysan, ce grand-père a un faux air de Paul Claudel. Il aime sa terre, la chasse, la pêche aux bouquets, l'amitié, la plaisanterie de fin de banquet.

Au volant de sa Peugeot à toit ouvrant, il nous emmène sur la tombe de nos ancêtres à Tocqueville et Varengeville. Il nous raconte comment Daladier, le président du Conseil, a été surpris par un employé des Postes qui lui apportait un télégramme de Matignon dans le lit de la comtesse de F… Les frères Tharaud, propriétaires de la villa Sainte-Cécile, partageaient la même maîtresse.

Monet fréquentait l'Auberge du Père Jules, où Georges de Porto-Riche a rencontré une serveuse, Blanche.

Il me donne le goût de l'histoire, de la géographie. Il me fait lire *Le tour de France par deux enfants*. Il nous montre à Vasterival et à Sainte-Marguerite, où j'habite aujourd'hui, l'emplacement des batteries allemandes enlevées par les Canadiens en août 42. Nous vivons dans le souvenir de ces combattants morts pour la France, enterrés dans le beau cimetière blanc des Vertus. Avec mon grand-père, qui porte *Eau de Cologne* de Jean-Marie Farina, la Normandie aura toujours un parfum d'avant-guerre. Aux Antilles, je m'apprêtais à devenir un enfant des îles. Mon grand-père me rattrape par le col et me remet dans le sillon normand. J'ai le nez fourré dans le pressoir à cidre.

Nous achevons notre boucle par le manoir d'Ango, à Varengeville. Je reviens à Dieppe pour découvrir que tout a commencé là. L'aventure maritime est née entre les murs de brique et de silex de ce manoir Renaissance.

Jehan Ango, le Médicis normand, est armateur. Ses bateaux trafiquent vers l'Afrique, l'Amérique mais aussi Terre-Neuve. Cette inclination semble aussi naturelle que le mouvement du Soleil vers l'ouest.

Né en 1480, amateur des auteurs latins, de poésie et d'art, Ango fait construire sur le port de Dieppe une maison en bois de chêne. Il la baptise *La Pensée*, du nom d'un bateau de son père.

Il a constitué autour de lui une cour de pilotes, de marins d'exception, d'astrologues, de cartographes, comme quelques années plus tôt Henri le Navigateur, à Sagres, au Portugal. À cette époque, la France et le Portugal se jalousent, se livrent à une guerre de course pour s'emparer des richesses du Nouveau Monde.

Les deux figures les plus séduisantes parmi les capitaines de Jehan Ango sont Jean et Raoul Parmentier, deux frères, les commandants du *Sacre* et de *La Pensée*.

Jean Parmentier est un poète, un marin. Ces deux vocations sont alors aussi soudées l'une à l'autre que les deux hémisphères de la Terre. Pierre Crignon, l'astrologue de *La Pensée*, lui a rendu hommage : « C'était une perle en rhétorique française, et en bonnes inventions tant en rithme qu'en prose. Il estoit bon cosmographe et géographe, et par luy ont esté composez des mappes mondes en globe et en plat, et des cartes marines sur lesquelles plusieurs ont navigué. »

L'honneur, la vertu, la rhétorique, la cosmographie, la géographie. Rien ne semble aussi important dans la vie d'un homme de la Renaissance. Parfois Jean Parmentier se sent « pensif et tout mélancholique ». Il soigne cette tristesse en lisant l'Ecclésiaste. Goûtait-il aussi au calvados et au vin de Loire ?

Son plus beau voyage ? Le dernier. Il appareille de Dieppe, le 4 avril 1529. Saison de la Renaissance, jour de printemps. Un doux vent nord-est « nous poussa sérieusement jusqu'au travers de La Hougue ». *Le Sacre* et *La Pensée*, deux noms religieux, deux nefs trapues emmenant cent cinquante hommes. Le voyage nous est connu grâce au journal de bord de Pierre Crignon, dépourvu de toute digression. Le 25 avril, après avoir longé les Canaries, déjà connues, les deux nefs font escale aux îles du Cap-Vert. Le 11 mai, elles s'enfoncent dans la moiteur — imaginons ces Dieppois, marins septentrionaux, plus habitués à Terre-Neuve qu'aux tropiques —, franchissant la ligne symbolique de l'équateur : « Le 11ᵉ, au matin, sont faits chevaliers environ cinquante de nos gens, et eurent chacun l'accolée, en passant sous l'équateur, et fut chantée la messe de Salve Sancta Parens, à notes, pour la solennité du jours, et prinsmes un grand poisson nommé Albatore et des bonites. »

Le jeudi, jour de l'Ascension, le capitaine, le maître et l'astrologue du *Sacre* dînent à bord de *La Pensée* : « Furent faites plusieurs récréations joyeuses, louant et remerciant Dieu du beau temps qu'il nous donnait. » Où le dîner se tenait-il ? Sur le pont, sous les étoiles ? Dans la cabine du capitaine ? Pendant la journée, ils observent les oiseaux. Cette vie contemplative, cette route vers l'inconnu me fascinent.

Les deux bateaux passent le cap de Bonne-Espérance. Raoul et Jean Parmentier sont les premiers Français à le franchir. La navigation se poursuit : Madagascar, les Maldives. Enfin les frères Parmentier découvrent Sumatra. À l'arrivée la moitié de l'équipage est morte du scorbut, de la typhoïde. Le barbier pratique des autopsies. On veut comprendre le mal.

À terre, les marins boivent des eaux qu'ils soupçonneront empoisonnées. Jean meurt le 3 décembre, « huit jours après que la fièvre le priest. Ses obsèques furent faites en l'islot ». Son frère, Raoul, succombe au même mal. Pierre Crignon, l'astrologue, pressent que l'un sera réincarné en palmier et l'autre en dauphin.

Les deux bateaux reviendront sans leurs capitaines. Ils font escale à Sainte-Hélène, où ils récupèrent six Indiens laissés par des Portugais, dont le dernier vivait encore à Dieppe en 1562.

Au cœur de Varengeville, je tourne dans un chemin enfoui sous les arbres. Au bout, l'Italie, la Toscane. Chaque fois, je rends grâce aux architectes, aux géomètres de Jehan Ango qui ont bâti ce manoir. J'aime le voir dans la beauté du soleil couchant. J'ai l'illusion que les Normands ont rapporté un morceau de terre du royaume de Sicile. Mariage parfait de la Normandie — l'aspect trapu contre vents et marées — et aérien de l'Italie. La brique rouge se superpose au silex.

C'est une villégiature d'où Ango pouvait voir la mer, ses bateaux et de l'autre côté la plaine vaste comme un océan. À l'entrée, à gauche, une loggia italienne permet d'embrasser la grande cour carrée, dont le centre de gravité est le pigeonnier le plus célèbre de France. Il est représenté en photo dans une édition de *Nadja*. Son toit cylindrique m'a toujours fait songer au sein d'une femme. André Breton a-t-il pensé à cette image lorsqu'il y séjourna ? « Je prendrai pour point de départ l'Hôtel des Grands Hommes, place du Panthéon, où j'habitais vers 1918, et pour étape le manoir d'Ango à Varengeville-sur-Mer, où je me trouve en août 1927, toujours le même décidément, le manoir d'Ango, où l'on m'a offert de me tenir, quand je voudrais ne pas être dérangé, dans une cahute masquée artificiellement de broussailles, à la lisière d'un bois et d'où je pourrais, tout en m'occupant par ailleurs à mon gré, chasser au grand-duc. (Était-il possible qu'il en fût autrement, dès lors que je voulais écrire *Nadja* ?) »

On entend encore à l'intérieur du pigeonnier le battement d'ailes inquiétant des pigeons et des colombes, qui devait plaire à Breton. Le manoir est alors un hôtel, propriété de la famille Bastard. Seul client, André Breton, au début de son séjour, n'écrit rien. Panne sèche. Il parvient cependant à « fixer le timbre » de son livre. Jacques Prévert, Georges Duhamel, Pierre Naville viennent le visiter. Mais, surtout, Aragon s'est installé avec Nancy Cunard à Pourville où il « éjacule » chaque jour dix pages du *Traité du style*. On imagine la Rolls de Nancy Cunard dans les virages qui sinuent entre les falaises jusqu'à Varengeville. Les deux amis se lisent leurs pages autour de cocktails, devant la mer. À Dieppe, ils vont manifester contre l'exécution de Sacco et Vanzetti. Avec *Nadja*, on reste dans la navigation.

Encore lisible sur les murs la devise d'Ango *Spes mea deus a Juventate mea*, « L'espoir est mon Dieu et ma jeunesse », qui surmonte un globe terrestre sur lequel est plantée une croix catholique. Souvent, j'ai imaginé Ango et sa femme devant la grande cheminée. Le manoir a été restauré. On y respire cependant un parfum de fin de règne comme chez les nobles désargentés. Ça sent le pipi de chat à l'entrée, l'humidité dans les pièces non chauffées. Dans la bibliothèque, un livre de Bernard Tapie, *Gagneur.* Après avoir fait la fortune du roi de France, Ango mourut ruiné, oublié. Ce naufrage après un destin si lumineux lui donne sa part d'ombre et de tendresse.

Retour à Fort-de France

Au bac de français, on m'interroge sur *El Desdichado*, de Nerval. Mais mon écrivain secret est Baudelaire. Je suis à l'âge péteux où l'on se prend pour un dandy en mettant une cravate et une veste de tweed. J'ai seize ans. Je sors d'une liaison avec une femme mariée qui en a vingt-huit. J'ai les sens à vif.

Mon père m'offre un voyage aux Antilles, à bord du *Fort-Royal*, un porte-conteneurs réfrigérés, le dernier-né de la Compagnie générale maritime. Il en est le commandant. Ma mère nous accompagne.

J'embarque au Havre avec mon Baudelaire dans l'édition GF, les Flaubert que j'emporte toujours avec moi et un manuscrit. Fini les corvées scolaires ! Ciao, lourde Normandie. Je file. Rhum et bermuda. Mon père m'a donné la chambre du pilote. Je dispose d'un salon particulier. Presque une suite. Ce n'est pas un paquebot, mais l'aménagement y est luxueux.

D'autres passagers sont à bord : un psychiatre qui lit Proust, sa maîtresse noire et son fils, qui a mon âge. Lui aussi a emporté les *Petits poèmes en prose*. Nous partageons de grandes bravades littéraires. Et nous retrouvons chaque matin autour de la piscine. Nous regardons notre jeunesse s'écouler dans le sillage du bateau. Le pavillon tricolore claque au vent. Nous attrapons déjà au vol une lettre-océan de Cendrars :

Le commandant est tout de même un chic type.
Hier, il a fait monter la piscine pour moi tout seul.
Aujourd'hui sans rien dire à personne et tout
simplement pour me faire plaisir
Il fait un crochet
Et longe Fernando de Nordha de si près
que je pourrais presque cueillir un bouquet.

Nous longeons les Açores. Nous pourrions toucher de la main les maisons blanches de São Miguel. L'archipel portugais marque le début du Nouveau Monde. Chaque jour, sur un panneau de liège, dans la coursive de la salle à manger, nous voyons la route du *Fort-Royal*, marquée par de petits pavillons en papier qui auraient plu à Larbaud.

Devant ma machine à écrire, je me prends pour un écrivain en mer. Je considère la littérature comme un absolu. « Enivrons-nous » : notre mot d'ordre pendant cette traversée. Nous sommes en route vers les pays créoles. Je vais revoir la Martinique quittée dix ans plus tôt. Nous passons la Désirade, faisons escale à la Guadeloupe.

J'aime ces arrivées en fin d'après-midi, à la lisière du crépuscule, quand la terre des Antilles sécrète des odeurs de paille, de grume et de canne à sucre.

Il faut aborder un pays, à l'aube ou au crépuscule, par voie de mer, en voyant les côtes se profiler à travers les haubans et les mâts. Tout est vaste : l'océan, le ciel, les nuages qui accompagnent le mouvement du navire. Pourquoi la traversée s'achève-t-elle ?

La voici, ma Désirade ! Mon rêve baudelairien. Je connais cette biguine. Je revois notre villa des Rochers, la savane de notre enfance où nous roulions dans des tonneaux a été comblée par des résidences. Mes écoles, celle des Lauriers-Roses comme celle des Rochers, sont intactes.

Nous sommes invités par un riche planteur. Passagère du *Fort-Royal*, sa femme a été « enchantée » par sa traversée vers la métropole. Que recouvre ce mot ? Son mari tient à remercier mon père. Je me souviens de cet homme blond, séduisant, entouré de ses setters irlandais, dans sa villa au bord de la mer. Comme souvent chez les Békés, il y a en lui un mélange d'aristocratie et de sauvagerie. Une peau blanche et des yeux bleus délavés par le soleil. Avant le punch, il nous emmène nous baigner sur sa plage privée, au fond d'une baie. Nous descendons à travers une végétation comme Gauguin aimait à en peindre.

Soudain, devant nous, allongée sur le sable, les coudes contre le corps, regardant la mer, apparaît une Ève tropicale, sans doute la plus belle Antillaise que j'aie jamais vue. Elle a les cheveux frisés, des yeux verts comme ceux des Tahitiennes. « Commandant, dit notre hôte, voulez-vous qu'on laisse votre fils avec cette jeune fille ? » Ma mère est offusquée. Mon père sourit. Je ne sais plus où me mettre. Cette fille des eaux restera mon apparition martiniquaise. La belle Jeanne Duval venait de surgir devant mes yeux :

Que j'aime voir, chère indolente,
De ton corps si beau,
Comme une étoffe vacillante,
Miroiter la peau !

Sur ta chevelure profonde
Aux âcres parfums,
Mer odorante et vagabonde
Aux flots bleus et bruns,

Comme un navire qui s'éveille
Au vent du matin,
Mon âme rêveuse appareille,
Pour un ciel lointain.

J'ai eu honte d'être avec mes parents. Tout chez cette belle inconnue invitait à l'offrande. Dans son regard, une insolence altière, celle des filles de feu. Je me suis dit : si j'avais été seul, aurions-nous fait l'amour ? Je n'arrive pas à faire le deuil de ce rendez-vous manqué.

Après le bain, le punch me fouettera un peu plus le sang. Nous sommes dans la fraîcheur de cette maison vieille de deux siècles, ouverte par ses innombrables persiennes à vantaux à la fraîcheur des alizés. Au moment de passer à table, notre hôte s'approche de ses servantes assises sur les marches de l'escalier et pose son pied sur l'épaule de l'une d'elles : « Allez ! au travail », leur dit-il en créole. Je me sens l'âme d'un sans-culotte guillotinant tous ces horribles colons. Qui suis-je pour juger de ces relations entre Békés — souvent abjects — et Antillais — pourquoi ne les ont-ils pas chassés de leur terre ?

Je n'ai pas l'audace de quitter la table. L'hypocrisie sociale prend chez moi toujours le dessus. Pendant le déjeuner, notre hôte nous affirme que la Martinique sera indépendante dans les cinq ans : elle s'engouffrera dans le mouvement autonomiste de la Nouvelle-Calédonie. Il se trompe. On a alors le sentiment que les Békés ont déjà préparé leurs malles et rapatrié leur fortune en lieu sûr.

Quand nous quittons la propriété, la voiture s'embourbe dans le chemin raviné par les pluies d'été. En un même mouvement, jardiniers, maître et servantes, tous pieds nus, au contact de leur terre qui libère d'un coup ses odeurs intimes, viennent nous aider. Une scène primitive qui aurait bouleversé un Faulkner des tropiques.

Affaires maritimes

Ils ont bariolé ma jeunesse de couleurs vives. Peintres de l'ocre, de l'azur, du sable, de l'eau, ils signent leurs toiles d'une ancre de marine. Aucun n'est un génie de la peinture. Mineurs de grand talent, la plupart figuratifs, ils trempent leur pinceau dans l'émeraude de la Polynésie et le gris de Brest. Un pied en Orient. Un autre en Asie. Créé en 1830 par Louis-Philippe, le corps des peintres de la marine eut pour compagnons de navigation Paul Signac, Albert Marquet, Marin Marie, Albert Brenet.

Affichistes des compagnies maritimes, ils ont fait les belles années de *L'Illustration*. Légers, prêts à partir, ils ont un jour atteint les Antilles. Je garde encore ce numéro de *L'Illustration* de 1935 consacré à la Martinique avec des aquarelles d'Albert Brenet : Margot la belle marchande de poissons en couverture, la baie du François avec le voilier *Bonchamps* à bord duquel Brenet avait embarqué au Havre et atteint les tropiques au bout de quarante-cinq jours de mer.

Léon n'est jamais allé à la Martinique. Mais à la maison il ne dédaigne pas le punch. Contrairement au « pauvre Léon » de la chanson de Brassens, il n'est pas joueur d'accordéon, mais peintre de la marine. Et c'est une chanson de Brassens à lui seul. La pipe, la bohème, les copains. Il a une belle tête carrée de Normand, partage sa vie entre Dieppe et Paris. Dans son appartement de la rue Princesse, des filles à poil peintes sur les carreaux. Il enseigne aux Beaux-Arts, où des modèles aux seins lourds posent devant son chevalet. Il lui arrive de partir au volant d'une 2 CV sur les routes de Bretagne avec sa femme. La vie de rapin dans des auberges et restaurants du Finistère. Les parents de Léon sont amis de mes grands-parents paternels, terriens jusqu'au bout des ongles. Ils ont partagé des repas plantureux où le cidre coulait à flots. Léon a pris la tangente. Il a connu la pauvreté rue de Seine avant d'apposer une ancre de marine à sa signature.

Au moment où je découvre la *Correspondance* de Flaubert, il incarne à mes yeux la figure de l'artiste contre le bourgeois, cachant sa vie derrière un nuage de tabac brun. Moi aussi je me mets à fumer la pipe, à poser à l'artiste en col roulé.

Léon peint Dieppe, son port de commerce, les

pêcheurs hollandais en escale, les mareyeurs, la place du Petit-Enfer, le Café des Tribunaux, la plage de Quiberville et ses pêcheurs qu'il aime tant, les remorqueurs, le quai Henri-IV, les arcades de la Bourse. Il est l'ami de Marius David, journaliste à *Paris-Normandie* et familier de Braque. Marius a pris une photo du maître de Varengeville, en compagnie de Jean Renoir, à la terrasse du Café des Tribunaux autour d'un siphon d'eau de Seltz.

Plus tard, je découvre les ciels d'Eugène Boudin, enfant de marin, qui apprit la mer en naviguant aux côtés de son père. Je ne vais jamais à Honfleur sans m'arrêter à son petit musée. « Nom de Dieu, Boudin, lui dit Courbet, vous êtes un séraphin, il n'y a que vous qui connaissiez le ciel. »

À l'âge du baccalauréat, je sens que je dois m'extirper de cette Normandie. Mon salut : quitter cette terre où je ressens une impression d'enfermement. À mon tour, il me faudra naviguer pour respirer. L'immobilité se confondra toujours avec la glaise de la campagne, les sillons du pays de Caux, les ciels de novembre. Je vis Dieppe comme un exil, ma Sainte-Hélène normande. Pour le moment, je n'y décèle aucun exotisme. Je ne sais pas encore que Chateaubriand y a vécu un temps : « En 1788, je tins garnison ici avec le second bataillon de mon régiment : habiter cette ville de briques, dans ses maisons d'ivoire, dans ses boutiques, cette ville à rues propres et à belle lumière, c'était me réfugier auprès de ma jeunesse. »

Je ne perçois pas encore la proximité dieppoise avec les côtes d'Afrique et d'Amérique. J'ai le sentiment d'avoir tourné le dos aux tropiques. Plus tard, j'apprendrai à retrouver les marques ensoleillées de cet ailleurs qui s'épanouit sur les quais dieppois, à l'observer sous l'angle aimable d'une station balnéaire. Je découvre la littérature, fréquente la Librairie de la Barre, au Puits-Salé. Ma vie oscille entre l'automne et l'hiver. Au fond de moi, je suis fait pour la béatitude des tropiques. Tout est bon pour oublier ma condition de Normand. Adulte, je me rendrai compte combien je suis insouciant en voyage, libéré des entraves.

À dix-sept ans, je quitte Dieppe. Pas encore pour l'Amérique du Sud. Rouen n'est qu'à soixante-trois kilomètres. Je passe d'une sous-préfecture à une préfecture. J'échange un état cantonal contre un destin départemental. J'ai l'impression d'avoir été oublié sur le bas-côté de la route. La Seine ne peut rien contre mon ennui. Les fleuves et les rivières m'ont toujours fait penser à ces grandes femmes un peu molles qui auraient besoin d'être raffermies par l'air du large.

J'habite une île sur la Seine. J'ai hérité de la

Peugeot à toit ouvrant de mon grand-père. Je roule la nuit. Je me couche à 3 heures du matin. Je carbure au gin-fizz. Je connais tous les mauvais lieux de Rouen (facile !). Je sèche la fac pour les cinémas et les bouquinistes (classique !). Le mercredi après-midi, j'écoute sur France Culture *À lettres ouvertes*, présentée par Roger Vrigny et Christian Giudicelli (Paris ne m'attend pas).

À Rouen, mon port d'attache s'appelle La Plaisance : un bar style paquebot années soixante. Les soirs de pluie, j'y bois des Martini avant d'emmener dans la nuit, au bord de la mer, une future capésienne. Je conduis sans permis sa voiture. Je lui fais croire que nous sommes dans une scène d'*À bout de souffle*.

Le week-end, et pendant les vacances, nous partons avec quelques copains d'hypokhâgne et de khâgne à Sainte-Honorine-des-Pertes, dans le Calvados. Au volant d'une 4 L et de ma 204. Il y a Sophie, Catherine, Jérôme, Pierre. Nous avons dix-neuf ans, ne parlons que de cul et de littérature. Nous commentons l'actualité littéraire comme des provinciaux qui piaffent de se faire une place sur la scène.

Les filles lisent Nimier, Drieu, et votent à gauche. Nous défouraillons avec Fajardie, Goodis, Héléna, Amila. La vie est une nouvelle de Fitzgerald. Sainte-Honorine-des-Pertes, la Riviera normande. Et comme Bernard Frank, nous jurons de ne pas entrer dans la vie active avant cinquante ans. En marchant sur les plages du Débarquement, je ressens une commotion. À notre âge, les petits gars se faisaient trouer la peau. Et nous, nous jouons les mélancoliques de l'Histoire. Je deviens incollable sur le Débarquement, le réseau Surcouf, les règlements de comptes. Le soir, on écoute *La mer* de Trenet et *Warum* de Camilo. On fume des Peter Stuyvesant rouge, paquet souple.

Si je reste à Rouen, je finirai centriste, professeur abonné à la Camif, membre du Lions Club. Foutu ! Je dois déserter cette ville qui faisait frémir Flaubert de colère. Ma vie ressemble à un dimanche après-midi : digestion lente.

Tout bascule un après-midi de février. J'ai vingt ans. En écoutant la radio, j'apprends le naufrage d'un chalutier français au large des côtes écossaises. Dix-sept marins disparus. Je connais le nom de ce bateau : *Snekkar-Arctic*. Chalutier dieppois. Équipage fécampois. Je décroche mon téléphone. J'appelle les rédactions parisiennes. Je me prétends journaliste. *Libération* me demande un papier.

Illico, je saute au volant de ma vieille Peugeot. Route de la mer. Qu'est-ce qui m'a pris ? Mon instinct maritime s'est réveillé. Le *Snekkar-Arctic* et son équipage, c'est un peu de la famille. Fécamp, ville sœur de Dieppe — séparées d'une soixantaine de kilomètres —, puait la morue à l'époque de la duchesse de Berry, qui ne voulut pas en faire une station balnéaire à la mode. Fécamp, c'est le Simenon du *Rendez-vous des terre-neuvas* et le Maupassant de *La maison Tellier*.

J'arrive dans une ville sonnée. Temps blême. Je vais piocher un peu d'ambiance dans les cafés. Je pousse la porte de La Cidraie tenue par un frère du patron du *Snekkar*. Sept membres de sa famille étaient sur le bateau. Cinq disparus. Il est tout de même debout, derrière son comptoir, traversant l'une des plus grosses tempêtes de sa vie. Au Dister, qui appartient aussi à un autre frère du capitaine, l'ambiance est encore plus lourde. On n'y parle pas du naufrage. On se méfie des journalistes, ces hyènes pistant le cadavre. J'y croise Jean Recher, ancien terre-neuvas, auteur du *Grand métier*, dans la collection « Terre humaine ». Tout le monde se serre autour de lui. Samedi, le marché est désert. J'apprends que le travail du journaliste commence au fond des tavernes.

Le glas sonne à Fécamp. Il en est ainsi chaque hiver dans les ports de pêche qui perdent leurs marins en mer. Une brève dans la page Faits divers des quotidiens nationaux. Mais le naufrage du *Snekkar* devient une catastrophe nationale.

Comment un navire-usine flambant neuf a-t-il pu couler en quelques minutes ? Et si un sous-marin s'était pris dans ses filets et l'avait tiré par le fond ? Le vent soufflait force cinq, la mer atteignait des creux de trois mètres. Ce n'était pas une tempête. Déjà le *Snekkar* avait essuyé des vents de force onze à douze.

L'administrateur des affaires maritimes chargé de l'enquête est un ancien élève de mon père. Je me vois en reporter d'investigation. J'interroge des experts. Je suis un enfant de la mer, du pays, le seul journaliste à être admis dans les familles des naufragés. Une femme me reçoit en robe de chambre, chez elle, dans le quartier HLM du Ramponneau, volets de l'appartement clos. Elle n'a plus que ses enfants pour la soutenir. « Croyez-vous qu'on pourra tout de même repêcher le corps ? » demande-t-elle au cuisinier du bord, l'un des rares rescapés à avoir réussi à capeler sa combinaison de survie. « Il y a peu de chances, lâche-t-il. Bien peu de chances. » Elle nous montre les photos couleurs déjà délavées de son homme, de ses bateaux. Elle a déjà quitté la réalité pour revivre sa vie dans ses souvenirs.

Une semaine plus tard, le cuisinier me téléphonera à 4 heures du matin : « Je pars à Lorient. Un corps a été repêché par un chalutier. Je vais l'identifier. » Je vivrai hanté par ces corps gonflés d'eau. Non seulement ces femmes ont perdu leur mari, leurs enfants, mais elles sont aussi ruinées, dans une dèche d'un autre siècle. L'une est muette, frappée d'aphasie. Le mari d'une autre avait fait un gros emprunt pour acheter un bateau et travailler en indépendant. La veille du naufrage, des huissiers sont venus saisir les meubles. J'ai l'impression de me trouver sur un ring entouré de boxeurs au visage tuméfié.

Je prends mes quartiers dans une chambre d'hôtel modeste en face de l'église Saint-Étienne. C'est terrible, mais j'éprouve une excitation à taper sur une Hermès Baby mes articles, que je dicte ensuite à une dactylo. Un jour, je pourrai dire à mes enfants que j'ai connu l'époque où un journaliste dictait ses papiers par téléphone. Le soir, je vais dîner seul, au restaurant. Des hommes sont morts en mer. J'écris sur eux. Et j'ai l'impression de vivre l'un des moments les plus forts de ma vie. Mes articles paraissent en pleine page de *Libération*. Je découvre ma vocation sur le lit d'une tragédie.

Jamais je ne serai marin. Myope, rétif au calcul des longitudes et des latitudes, j'ai tenté d'embarquer à seize ans comme pilotin sur un cargo mais les compagnies maritimes n'enrôlaient plus que des élèves de la marine marchande. Mon père nous a dissuadés, mon frère et moi, d'embrasser cette carrière où bientôt les marins n'auraient plus le temps de poser pied à terre. À défaut, je serai peut-être un Rouletabille des affaires maritimes.

Le dimanche, une messe est célébrée à l'église Saint-Étienne. « L'homme défiguré, rappelle le prêtre, à l'image du sacrifié sera transfiguré à l'image du ressuscité. » Des femmes s'effondrent. Nous sortons de là comme après une tempête.

Je choisis mon camp. Celui des demi-soldes de la mer, des laissés-pour-compte, qui finissent toujours pour de bonnes raisons économiques par être oubliés, recouverts par la marée de l'ordre.

L'enquête écarte l'hypothèse du sous-marin. Le *Snekkar* a fait naufrage après la formation d'une carène liquide, l'angoisse de tous les marins. Une surface d'eau s'est formée à l'intérieur du bateau après l'obturation de pompes d'évacuation des déchets. Cette nappe liquide a fait perdre au bateau sa stabilité et entraîné une gîte fatale. Comme dans tout drame, un faisceau de causes a conduit au naufrage. Dix-huit ans après, le procès du *Snekkar-Arctic* n'avait toujours pas été bouclé. La justice des hommes n'est pas à la hauteur du jugement de la mer.

Pont-Royal et Rhumerie

Cette année-là, je travaille aussi l'été comme agent de consignation sur le port de Dieppe. Je représente les intérêts de compagnies maritimes. Je passe mes journées sur les quais, à la douane. Je deviens spécialiste des connaissements, ces papiers officiels du trafic maritime. Je monte à bord des bateaux, sympathise avec les dockers, bois le coup avec les commandants. J'aime le contact de la marchandise. Il me fait oublier mes soucis d'intello myope. La perspective des mâts de charge, des hangars, des cheminées empêche toute monotonie.

Entre deux escales à bord des bateaux, je lis dans mon bureau avec vue sur les bassins *La conspiration* de Nizan, *Lewis et Irène* de Morand. Je me délecte des suppléments littéraires. Je ne manque jamais un feuilleton de Bernard Frank dans *Le Matin. L'Événement du jeudi* évoque les vacances des écrivains. Depuis la lecture des

Mythologies de Barthes, je croyais que les écrivains étaient toujours en vacances. Éric Neuhoff s'apprête à passer l'été au Portugal. Je fais mes débuts de chroniqueur littéraire à *La Vigie*, le journal local. Je me tricote un destin d'écrivain cantonal.

Je rêve de Paris du fond d'un port. Comme avant moi Louis Brauquier, en poste à Diégo-Suarez, Papeete, Alexandrie, Shanghai, Nouméa, demandera des nouvelles de Saint-Germain-des-Prés sans jamais y mettre les pieds. Il le savait : Paris ne lui réussirait pas. Il préférait les horizons portuaires, les latitudes lointaines. En allant visiter son ami Gabriel Audisio hospitalisé à Paris, il succombe à une crise cardiaque.

L'agent maritime est l'homme de la saudade, le deuxième ligne qui attend l'arrivée et le départ des bateaux. Il y avait autrefois à bord des bateaux des écrivains, des commis aux écritures. Je suis un auteur de la Compagnie générale transatlantique.

Si les bateaux avaient pris le temps de rester dans les ports, je crois que je serais devenu agent maritime. À la fin de l'été, le directeur de l'agence propose de m'embaucher. J'aurais pu faire une carrière honorable à Dieppe, au Havre, à Marseille, avant de partir pour Pointe-Noire, Cotonou, Lomé, Douala.

Mais le mirage de la chose littéraire est trop fort. Je choisis Paris comme pavillon de complaisance. Rive Gauche, je m'attache à deux comptoirs : le Pont-Royal, qui évoque le bar du *Normandie*, et La Rhumerie martiniquaise, où j'étanche mon goût pour les daiquiris. Bernard, le barman du Pont-Royal, a une veste blanche et agite le shaker comme un steward de la French Line. Ancré dans la baie Gallimard, le bar du Pont-Royal incarne la splendeur de la ligne française. Quand j'y vois les écrivains emmenés par Françoise Verny descendre l'escalier de gala, j'ai l'impression de vivre une scène de *E la nave va*. Temps du Martini dry, du champagne. La Seine n'est pas loin. Il suffit d'emprunter la rue du Bac pour la traverser. Ici Blondin a dû avoir l'impression de traverser le Yang Tseu Kiang. En première classe. J'y emmène mes petites amies. Elles sont impressionnées. Comme tout paquebot, le bar du Pont-Royal finira par être désarmé, vendu à la casse.

Solitaire sur son voilier, je tire un bord vers le boulevard Saint-Germain et cabote vers La Rhumerie martiniquaise. Marcel Aymé y a présenté Nimier à Blondin. Déon et Fraigneau, qui y écrivait chaque jour à l'époque où il travaillait chez Grasset, l'avaient élu comme port de l'amitié.

Il y eut une mode créole dans les années vingt à Paris. Jean-Louis Vaudoyer était aussi un amateur de daiquiris. Créée en 1932, La Rhumerie conservait jusqu'à ces dernières années, avec ses chaises en osier, sa décoration, ses tableaux qui représentaient de belles doudous en madras, une atmosphère délicieusement tropicale et insulaire.

C'est presque en face de La Rhumerie, au Restaurant Calvet, que je vais connaître l'épreuve physique de la fêlure. J'ai vingt-quatre ans. C'est un jour ensoleillé de janvier. Je viens de recevoir le prix des Deux-Magots pour un essai sur Nimier. J'ai l'impression d'avoir décroché mes galons de lieutenant. Au déjeuner, au milieu des jurés du prix, je devine que tout est fini. Maintenant, il me faut devenir écrivain. Je devrai traverser métamorphoses et petites morts. Mieux que moi, Fitzgerald a éprouvé ce sentiment de perte : « Je me souviens qu'un après-midi, roulant en taxi au milieu des gratte-ciel immenses, sous un ciel mauve et rose, je me mis à gémir comme un veau, parce que j'avais eu tout ce que je voulais et que je ne serais jamais plus aussi heureux. »

Ce jour-là, j'ai su qu'il faudrait tout quitter, prendre la mer.

Depuis, La Rhumerie a subi aussi des changements. Elle est devenue un bar « *after hours* » avec lumières tamisées, un aquarium pour cadres moyens pelotant leur maîtresse. Orphelin des comptoirs de Paris, titulaire d'un livret maritime, je pars à la recherche d'un nouvel embarquement.

Navigation africaine

Cette fois, j'embarque pour ne pas devenir fou. J'ai trente ans. J'étouffe dans mon métier d'éditeur. Marre des ronds dans l'eau de la rive Gauche. Dans mon bureau des Éditions de la Table Ronde, j'ai accroché aux murs des affiches des compagnies de navigation. Ma vie m'étrangle. Je propose à un magazine un reportage sur un voyage en cargo. Je consulte les annuaires maritimes. Un cargo italien fait route vers l'Afrique de l'Ouest. J'ai confiance dans la marine italienne, dans sa cuisine aussi.

Amarré quai 408, à Anvers, le *Repubblica di Roma* offre une silhouette jaune, massive, de bulldozer des mers. Par sa porte arrière s'engouffrent des milliers de voitures d'occasion : elles vont brûler leur carrosserie sous le soleil d'Afrique. « Surtout, vous avez bien fait vos vaccinations : fièvre jaune, choléra... », me lance le premier lieutenant, emmitouflé dans sa parka.

Le steward, un Napolitain rigolard qui fume

des Merritt, me conduit à ma cabine, pont n° 13. Ça me change des paquebots de mon enfance : linoléum bleu, armoire, commode, couchette jaune canari, hublot. À travers, le gris du ciel se confond avec les fumées des usines pétrochimiques. Temps à la belge. J'ai embarqué pour un voyage au long cours. J'ai l'impression de me retrouver dans une nasse.

Alain, mon compagnon de voyage, est photographe. Nous allons vivre en huis clos ensemble pendant plus de trois semaines. Les artifices, les masques vont tomber. Nous allons vite nous connaître.

Nous appareillons de nuit. *Molto adagio*, le commandant Scoccimaro est à la manœuvre. Cela me fait une impression bizarre de ne pas être aux côtés de mon père. L'atmosphère, les rites de la passerelle, je les connais parfaitement. Les lampadaires du quai dessinent des cônes de lumière orangée. J'ai l'impression de respirer sur l'aileron un parfum de cannelle et de vanille, de me trouver dans une ville maritime où les avenues seraient des bassins.

Huit jours de mer jusqu'à Dakar. Nous passons notre vie à la passerelle. Sur la table des cartes, des cercles rouges entourent des flèches : France, Spain, Portugal, Morocco, Spanish Sahara, Mauritania, Sénégal. Blonde au coin des lèvres, mains dans la ceinture du pantalon, coiffé d'une casquette bleu marine, le commandant Scoccimaro n'abandonne pas la veille pendant notre descente de la mer de Manche. Nous menons une vie à dix-huit nœuds dans la brume.

Alain et moi, nous nous accrochons aux vins blanc et rouge italiens que l'on nous sert à discrétion. Reporter de guerre en Israël, en Amérique du Sud, il a quarante-neuf ans, des origines juives polonaises, une nature déchirée. À bord, nous devenons deux alliés. Je lis *Coup de lune*, *Long cours* de Simenon. Un rayon de soleil ou un bout de bois sur la mer suffisent à me remplir, quelques heures.

Le *Repubblica di Roma*, ce n'est pas la French Line ni la *dolce vita*. Pas de piscine. Ni de salle de sport. Des conteneurs à perte de vue et, dans le ventre du bateau, des étages de voitures. Un vrai musée de l'automobile : camion de pompiers anglais des années cinquante, Jeep et Toyota des années quatre-vingt.

Où est le temps où je regardais les flots d'un fauteuil d'osier du bar du pont supérieur ? Je m'installe dans un fauteuil de plastique blanc au-dessus de la timonerie, le point le plus élevé du navire, surnommé par l'équipage l'île aux Singes. Elle est recouverte d'une pellicule grasse de suie et de sel. Lunettes de soleil, visage tourné vers le ciel, j'imagine un avion survolant le *Repubblica* — un avion de tourisme comme celui qui avait survolé *Antilles* — qui me prendrait pour un sémaphore statique.

L'absence de femmes à bord nous taraude. Nous rêvons d'Italiennes avec qui nous boirions des cocktails au soleil couchant. Pendant le déjeuner, l'équipage et l'état-major regardent des vidéoclips érotiques. Des Californiennes plantureuses adoptent des poses sexy, pas vraiment pornographiques. Elles restent la plupart du temps en maillot de bain. Comme au karaoké, le texte des chansons d'amour défile sur l'écran : scènes de plages, de piscines, de ranchs. Bordel ou masturbation, pas d'autre choix pour les marins.

Une semaine avant notre arrivée à Dakar, nous prenons notre première dose de Lariam. La liste des effets plus ou moins gênants est un roman :

— Troubles de l'humeur et du comportement (tristesse, anxiété, confusion), agitation.

— Troubles neurologiques et de concentration.

— Malaise, vertiges.

— Nausées, vomissements, selles molles ou diarrhées.

— Douleurs de ventre.

— Perte d'appétit.

— Maux de tête.

— Éruption cutanée.

— Palpitations.

Pendant des années, le Lariam sera mon compagnon secret. C'est un délire au cœur du voyage. Avec lui, j'ai traversé ces états secondaires.

« Vous verrez, me dit le commandant, alors que nous longeons les côtes des Canaries, après Dakar c'est comme si nous passions un mur de chaleur. Même en mer, c'est intenable. »

Pendant les repas, au carré, je guette les officiers. Comment font-ils au bout de six mois de navigation loin de l'Italie, de leur femme, de leurs enfants ? Parfois, je me dis : « Tiens, le chef mécanicien a la paupière lourde. » Mais non, tous semblent tenir, former une équipe solide. Ils s'entraident sans ostentation. Un geste affectueux. Une tape sur l'épaule. Une plaisanterie. Le bateau suit sa route, jour et nuit. Ce mouvement encadre la vie des marins.

À bord, à la passerelle, dans la salle à manger, un calendrier est tenu à jour. Peut-être vaudrait-il mieux ne plus avoir de repères. Ce serait le début de la folie. Alain force sur la bouteille. « Pour m'assommer », dit-il.

Le long des côtes du Sahara occidental, je lis *La dernière escale du tramp steamer* d'Alvaro Mutis. J'ai des hallucinations. Surtout devant la description du corps de Wanda, cette jeune Libanaise de vingt-quatre ans. « Nue, Wanda était parée d'une sorte d'aura qui émanait de la perfection de son corps, de la texture de sa peau élastique, légèrement humide et de ce visage qui, vu d'en haut, sur le lit, évoquait plus encore une apparition delphique. »

J'ai l'impression de sortir des brumes de l'hiver. Les matinées sont belles. Des albatros mouchetés survolent le bateau. À l'approche de la Mauritanie, je me dis qu'il n'y a pas de roman sur le monde maritime international, retraçant l'écheveau du trafic, des lignes commerciales. Il existe seulement des récits de voyage, toujours romantiques. Il faudrait pourtant évoquer ces navires vieux de trente ans qui naviguent encore, les pavillons, les armateurs, les cimetières de bateaux, qui m'ont toujours fasciné.

Après Dakar, où nous faisons escale quelques heures, des faucons de mer nous survolent. L'air est poisseux. La mer morte. Rien ne la fait bouger. Nous sommes cernés par des méduses d'un brun très glauque. Nous nous enfonçons dans quelque chose. Est-ce l'humidité équatoriale ? L'Afrique de l'Ouest ?

Nous accostons de nuit à Freetown, capitale de la Sierra Leone. Sur la VHF, on entend une voix de femme, très douce, presque chantante. De loin, on devine une montagne avec des points lumineux, très fragiles. « La baie de Freetown est très belle », nous dit le commandant. Nous longeons une péninsule : « *Speed up captain! Speed up captain!* » entend-on sur la VHF. Le bateau-pilote est en route. « *I'm happy* », répond, laconique, le commandant.

Nous recueillons deux pilotes habillés de grands T-shirts, sur l'aileron de passerelle tribord. Le commandant Scoccimaro écoute à peine leurs conseils et sifflote en leur expliquant certains détails techniques de navigation qu'ils ignorent. Il conduit sa manœuvre, seul, à l'aide de ses deux propulseurs d'étrave. Nous accostons. Les deux pilotes aux allures de teenagers quittent le bord avec leur butin de guerre : whisky, cigarettes.

Il n'y a pas vraiment de port de commerce à Freetown, seulement ce quai en eau profonde, le quai Queen Elizabeth II. Malgré son nom, il n'accueille plus de paquebots. Juste derrière, un terrain de football abandonné, aux filets de but déchirés. À huit cents mètres, les premiers faubourgs de la ville. Des maisons pourries à la façade desquelles sèche du linge et une mosquée. Des fumerolles s'élèvent derrière des palissades. Aux deux extrémités du quai de la ferraille rouillée, entremêlée. Mais ce sont les montagnes ocre puis vertes en altitude parsemées d'habitations qui retiennent l'attention. Quand les orages roulaient dans ce paysage accidenté, les premiers navigateurs portugais croyaient entendre un rugissement de lion : Sierra Leone.

Freetown nous prend dans ses griffes. Les rues portent des noms anglais : Siaka Stevens Street, Wilberforce Street. Chaque maison est un commerce usé par les années, l'humidité. Sur les trottoirs défoncés, des enfants vendent des bonbons à la pièce empapillotés de papier mauve. Sur les murs, des publicités peintes. L'une d'elles représente une marque de biscuits français.

Taxi ! La voiture est défoncée. La banquette n'a plus de ressorts. Le frein à main déglingué tient par la ceinture de sécurité du conducteur, qui l'empêche de passer à travers le plancher. Le taxi klaxonne sans interruption. Il prend une passagère, une jeune fille de quinze ans : « *You're on the ship. You're nice guys* », nous lance-t-elle en se retournant.

À chaque carrefour, des policiers en uniforme bleu et casquette blanche froissée comme de la crinoline. Les femmes en boubou portent leurs enfants dans le dos. Il fait une chaleur terriblement moite. Des adolescents, liasses de billets dans la main gauche, vendent des cigarettes américaines de la main droite aux conducteurs de voiture, qui ralentissent mais ne s'arrêtent pas.

D'autres proposent de l'eau, du lait de coco, des

sirops jaunes et rouges dans de petits sacs en plastique. Il y a tout et rien : des T-shirts à l'effigie de Bob Marley et de Malcolm X, des posters, des paniers tressés. Freetown est un bloc de latérite que la chaleur a fait exploser.

Des banques, des compagnies aériennes évoquent des bornes kilométriques dans la brousse. Mais leur rideau de fer est tiré, leur téléphone ne répond plus. La poussière et le soleil vont ronger leur nom peint sur des blocs de ciment. Les rues semblent dériver vers la mer. La lumière est crue, vaporeuse. Partout des panneaux du gouvernement annoncent la réhabilitation d'un quartier. Tout cela va être détruit par une guerre civile terrible qui s'approche des faubourgs de Freetown.

À l'Alliance française est programmé *Jean Galmot, aventurier*. Le cinéma s'appelle Lodéon (*sic*) comme dans beaucoup de pays africains et la rue principale, la rue des Voleurs. Nous sommes les deux seuls Blancs dans la ville. Au retour, près de la douane, une jeune putain propose à Alain de l'emmener.

L'après-midi, nous partons avec l'agent de la Grimaldi, Wolfgang Schneider, à bord de son 4×4. Il a quarante-trois ans, une barbe rousse, un visage étonnamment souriant pour un Allemand. Freetown est sa ville. Sur les murs, des portraits peints des principaux chefs révolutionnaires et africains, Castro en tête.

Arrêt devant une bâtisse coloniale à l'abandon : le City Hotel. Graham Greene y a vécu. Il y a situé *Le fond du problème.* Un Blanc très maigre, à l'air malade, est assis au balcon. Il est né à Freetown.

— Vous travaillez ? lui demandons-nous de la cour.

— Non, mais je vis ici.

Il nous dit que de Gaulle aussi a logé au City Hotel. Quand nous entrons à l'intérieur, le Blanc disparaît du balcon. Un Noir nous accueille. Ce n'est évidemment plus un hôtel mais un bordel. Tout est sombre, en bois. Un vieil appareil téléphonique est encore accroché au mur. Dans le bar, un enfant dort sur la banquette. Derrière un réfrigérateur en panne. Sur une table, une machine à écrire bleue volumineuse.

— Vous savez à qui appartient cette machine ?

Le barman l'ignore. Il l'a toujours vue là. Personne n'a songé à la déplacer.

— Peut-être celle de Graham Greene, dis-je à Alain.

C'est un modèle des années quarante ou cinquante. Aux murs, des affiches maritimes brûlées aux coins, déchirées. Au plafond, un ventilateur. Immobile.

Nous montons aux étages guidés par le jeune

Black trop aimable. Je pressens l'entraîneur, mi-maquereau mi-tenancier. Les marches de l'escalier semblent suer de la pénombre. Certaines sont défoncées.

Au premier, le jeune pousse une porte : « C'est occupé ! Mais vous pouvez entrer. » Une chambre dans la torpeur. Deux lits sur lesquels somnolent deux femmes, deux fantômes. Sur une table de chevet, une poignée de billets froissés et quelques objets personnels, une brosse à cheveux en plastique, un petit miroir rond. L'une d'elles se lève. On les imagine tuant les journées entre deux passes. Le sexe moite, l'ennui.

Sur le balcon, une autre femme dort à même un matelas. La lumière extérieure écrase le City Hotel. Nous perdons nos repères, assommés par un coup de chaleur. Dans l'arrière-cour, une femme que rien ne semble perturber, même notre présence, pilonne le mil dans un geste ancestral.

Nous montons les collines de Freetown. « Les Sierra-Léonais n'ont rien d'autre à faire, nous explique Wolfgang, que l'amour. La population est exterminée par le sida et la guerre civile. » Il dit cela avec un fatalisme calme. Il aime la Sierra Leone. Il la connaît dans ses moindres réactions.

Nous entrons dans les quartiers résidentiels où habitaient autrefois les Anglais. L'air est plus frais, la vue sur la baie grandiose. Les montagnes dévalent jusqu'à la mer. Des villas, des jardins. Nous nous arrêtons devant le Hill Club Station. L'ancien club des expatriés. Un jeune Noir lave une Mercedes. À côté, un terrain de tennis où jouent en plein soleil un Noir et un Blanc. Il fait plus de quarante degrés. Des boys ramassent les balles. Le pays fait naufrage. Le sang coule. Le rite colonial est intact.

Un chemin recouvert d'une longue tonnelle. Ici, tout est plus doux. Nous entrons dans une grande pièce fraîche, un peu comme une salle de restaurant percée de longues baies qui donnent sur les montagnes. Des tables aux nappes blanches, des fauteuils de salon années cinquante.

Une femme métisse, très belle, habillée à l'occidentale, nous salue. Une petite fille joue entre ses jambes. Apparaît un homme en tenue de tennis, suant et ivre, d'origine libanaise. Il parle fort, nous invite à boire un verre. Il s'adresse à la femme en mettant sa main aux couilles. L'obscénité offusque la belle inconnue. Elle sort avec sa petite fille. Je conserverai le souvenir de cette dignité offensée.

Nous passons dans une autre pièce. Des hommes jouent autour d'un billard des années trente, en parfait état. Au mur, encore gravés sur du bois précieux, les noms des principaux vainqueurs anglais des tournois des années vingt et trente. On se croirait dans un club d'Eton. Il ne manque plus que les casques de liège. Les deux joueurs africains sont imperturbables à la manière de gentlemen.

Par la fenêtre, je vois la belle inconnue partir dans un Land Cruiser conduit par un chauffeur noir. Nous sortons de la salle de billard. Le Libanais renouvelle son invitation et nous allons boire des pintes de bière blonde au bar, où sont accoudés trois clients. Comptoir en acajou, moquette framboise, coupes de tennis. Ce bar était l'un des points de chute de la Navy anglaise quand elle faisait escale à Freetown. Nous trinquons. Le téléviseur allumé diffuse des dessins animés pour enfants. Les rares membres du club restent l'après-midi devant le poste à boire de la bière. L'ivresse nous gagne. Le *Repubblica di Roma* doit bientôt appareiller. Soudain, je chavire. Je vais rester là, dans ce club. Je ressens une commotion maritime. Je m'encalmine à Freetown.

De l'ancienne piste de danse, sur la terrasse, nous regardons le défilé montagneux. Freetown restera l'une de mes plus belles impressions maritimes. Certains pays vous choisissent : la plupart du temps, ils ne vous ressemblent pas.

Nous arrivons devant Lomé, à l'aube. Une brume épaisse recouvre la côte. Des dizaines de bateaux de pêche effilés comme des pirogues prennent la mer. Dans les ports se trafique le plus beau roman de l'humanité. Il a la valeur de l'or, le poids des marchandises. La vie y est une affaire de contrebande. J'aime la musique des ports : la biguine des adieux, le tango de la tristesse. Chaque port promet une renaissance. Autre langue. Nouvelles rencontres. Nous embrassons tous les possibles.

Lomé est le plus petit port de l'Afrique de l'Ouest. Six cents kilomètres de côte. Trois millions d'habitants. Un porte-conteneurs panaméen et trois bateaux russes y font escale. Dans l'après-midi arrivera le *Marie-Joséphine* de la Delmas.

Je prends le petit déjeuner au carré avec l'agent local de la Compagnie Grimaldi. Nous parlons de l'activité portuaire, bonne, de l'immigration ghanéenne. Quelques jours auparavant, me raconte-t-il, un équipage cubain est allé faire la fête au Foyer du marin. Alcool, filles. En rentrant à bord, ils ont été attaqués par des Ghanéens, pourtant réputés pacifiques. À l'aube, on dénombrait un mort. Les Cubains ont plaidé la légitime défense et ont été remis en liberté. Personne n'a réclamé le corps du Ghanéen.

Je pense à Brauquier. Devenir agent maritime à Lomé. Le Togo est une Afrique douce, océanique. « Il n'y a même pas de moustiques », me dira un chauffeur de taxi. La France est partout. Elle a la haute main sur le pays. Je n'éprouve pas le sentiment merveilleux d'exil ressenti à Freetown.

Nous buvons un verre au bar de la piscine du Palm Beach. Le barman s'appelle René et la barmaid, Rosalie. René rêve d'épouser Rosalie. Je lis dans *Togo Presse* ce fait divers à la narration si poétique : « *Mercredi, un cocu de quarante-trois ans s'est suicidé en faisant exploser son véhicule dans le garage où travaillait le nouveau compagnon de son épouse. Pensant y tuer son rival à l'aide d'explosifs, l'éconduit était le seul à partir. Ils sont comme ça, quand cela leur monte à la tête comme la rage de prendre une femelle.* »

Cinq heures de navigation et voici Cotonou ! Nous attendons en rade de la « lagune de la mort ». Nous accostons devant le *Senator Ivory*, un cargo britannique. Les hangars sont peints en rose. Un cargo charge des balles de coton prêtes à exploser. Des dockers ont le torse nu saupoudré de graines de coton. Des camions Mercedes jaunes klaxonnent. Des nuées de motocyclettes se faufilent entre les conteneurs. J'ai un coup de foudre pour ce port rose, coloré, moins étouffant que d'autres. La lumière des quais contraste avec la pénombre des grands hangars où l'on devine une activité fourmillante et mystérieuse.

Cotonou se visite à l'arrière d'un moto-taxi. Les conducteurs portent une chemise jaune avec leur numéro de matricule et des lunettes de soleil rétro. Ils sont jeunes, parlent un français désuet, traitent les mendiants de voyous.

Nous retrouvons les premiers wharfs en bois du port. Autour, un village de pêcheurs, un cimetière marin. Des carcasses rouillées, des bateaux échoués sur le sable. Derrière le village, les hangars des comptoirs de l'Afrique de l'Ouest et un phare rouge qui ne fonctionne plus. On aperçoit aussi l'enclave du port autonome.

Dans *Le Matin*, le quotidien béninois, je médite cette maxime africaine : « Celui qui pagaie dans le sens du courant fait rire les crocodiles. »

Ce voyage au long cours se transforme en cabotage africain. Le prochain pays est un crocodile. Il a la réputation d'avaler les Blancs qui poseraient le pied dessus : c'est le Nigeria. Nous arrivons trop tard pour embarquer le pilote. Les autorités maritimes nous demandent de mouiller à cinq milles des côtes. Le commandant Scoccimaro s'éloigne encore plus au large pour protéger le bateau de tout arraisonnement par les pirates qui, à la barre de vedettes rapides et à l'aide de grappins, montent à bord en quelques minutes. Seuls les feux de position restent allumés, les moteurs en marche. Nous ne jetons même pas l'ancre. Nous nous coulons dans la nuit nigériane.

Avant le lever du soleil, cap sur Lagos. Une heure après, les pilotes, deux Nigérians, sont à bord. En uniforme blanc et chaussures immaculées à bout ferré. Ils s'imposent un maintien et un langage d'officier britannique. Nous remontons une rivière comme on en trouve dans les romans de Conrad. Le bateau s'enfonce dans le mystère de la mangrove. À tribord, la ville de Lagos avec ses gratte-ciel. À bâbord, la lagune vierge de toute construction : des arbres qui plongent leurs racines dans l'eau, un club de voile, des épaves de bateaux rouillés, un village de pêcheurs. L'Afrique traditionnelle avec un paysage majestueux qui s'étire et se révèle brutalement. L'Afrique comme on devait l'aborder il y a un siècle.

Une fois le *Repubblica* à quai, tout bascule. Ce n'est plus un bateau mais un territoire occupé. Par une armée étrangère, des grappes humaines. Dans le carré des officiers et celui de l'équipage, des militaires, des douaniers, des policiers, des employés de la manutention. « Ils viennent faire leur marché », rigole le commandant. Des cartouches de cigarettes, des bouteilles d'alcool passent de main en main. Des disputes éclatent. Des voix s'élèvent. Des éclats de rire jaillissent au-dessus des têtes. Mais quand je regarde le quai par le sabord, je vois un pauvre type menotté et frappé par les policiers à coups de pieux.

C'est sinistre, Lagos. Des panneaux verts de signalisation à l'américaine indiquent la route de Victoria Island. Lagos est une sorte de cataclysme de la modernité. Des gratte-ciel côtoient des mosquées. La ville semble débordée par sa population, qui grouille et ne se déplace que par flots. Le macadam cède parfois la place à la latérite.

Sur Issa William Street, la voiture est assaillie par des vendeurs à la sauvette et des mendiants. Lagos est la ville la plus criminogène du monde. On pense alors à ces publicités télévisées où dans un pays lointain un type seul se fait voler argent, cartes de crédit, papiers et ne dispose même pas d'une pièce de monnaie pour téléphoner. Des téléphones il y en a des milliers à vendre sur le trottoir, tous volés, bien entendu. On serre les fesses. On pense à sa maman. On sort de cette asphyxie comme par miracle.

Le soir, l'agent de la Grimaldi, un Vénitien rond et vif, vient nous chercher à bord du *Repubblica*. Il travaille au Nigeria depuis dix-sept ans. La police chargée de la circulation, habillée d'uniformes jaunes, est surnommée, nous dit-il, *Yellow Fever*. Elle ne dispose pas d'armes. On peut donc la chasser d'un revers de la main comme des moustiques. À Lagos, deux choses comptent : l'argent et les armes. Si vous ne disposez pas de cet arsenal, vous êtes un homme mort.

La villa blanche du représentant de la Grimaldi est surveillée par six gardiens. Hérissée de barbelés, elle a été attaquée quinze jours avant notre arrivée. Armés de machettes, les voleurs ont tué un gardien. Le propriétaire est un bon chasseur. Sa spécialité : le buffle. De sa chambre, il a pu atteindre l'un des agresseurs aux jambes. La police l'a arrêté et molesté. « Il ne pourra pas marcher avant longtemps, nous dit notre hôte. La police m'a demandé pourquoi je ne l'avais pas tué en visant la poitrine. »

Il nous présente son tableau de chasse alors que nous sommes assis dans de moelleux canapés blancs. Autour de nous la piscine, la télévision par satellite, le cuisinier béninois et les serviteurs. Notre agent à Lagos s'est fait construire une maison à cinq heures de la capitale, en pleine forêt. Il s'y rend une fois par mois. « Les gens du village m'ont respecté quand un des leurs a été tué par un buffle que j'ai poursuivi, qui m'a chargé et que j'ai tiré. Au Nigeria, vous êtes un fauve ou un homme mort. »

Soudain la porte d'entrée s'ouvre. Dans l'embrasure, un Africain de haute stature, vêtu d'un costume africain traditionnel. « *Come on, Mark !* » lance notre hôte. Ils s'enferment tous les deux dans le bureau puis Mark repart escorté par deux véhicules militaires. C'est un haut fonctionnaire venu toucher son enveloppe mensuelle. Sans cela, il devrait se contenter de ses deux cents dollars de salaire.

On ne peut compter sur personne au Nigeria. Même la police participe à des enlèvements. Les Nigérians sont des faussaires hors pair. Ils détournent un compte en banque grâce à un jeu d'écriture, se font passer pour tel ministre quand celui-ci est absent de la capitale. « *It's a shit country* », disent les Occidentaux qui y font des affaires. Cela ne nous empêche pas de dîner de homards, de poissons grillés et de spaghettis aux seiches accompagnés d'un remarquable pinot italien.

La nuit, à Lagos, les branches du crime poussent encore plus vite que la forêt équatoriale. Notre agent nous reconduit jusqu'à l'entrée du port. Nous marchons sur les quais, sous une pluie chaude, pendant plusieurs kilomètres. Avec un sentiment de liberté.

Au Ghana, l'ancienne Côte de l'Or, un passager de nationalité belge nous rejoint. Il se dit antiquaire. « Il doit faire autre chose », me dit le commandant d'un air entendu. Trafiquant ?

Contrebandier ? Mercenaire ? Espion ? Cet intrus me plaît.

Il s'appelle Michel. Né en Afrique du Sud. Famille originaire d'Anvers. Des diamantaires. Nous revenons à notre port de départ. Il partage sa vie entre Le Cap, l'Afrique et le Bourbonnais, où il vient d'acheter une ferme. En Afrique, il trouve des objets précieux, qu'il revend à des clients richissimes. Depuis plusieurs années, il travaille à un film sur les masques. Il a vécu plusieurs mois chez les Dogons. Mais la région devient, me dit-il, trop touristique. Il préfère vivre en brousse plusieurs mois avec des tribus qui lui font découvrir peu à peu des masques précieux. En Afrique, on ne montre pas un masque à un étranger.

Les premiers masques étaient en feuilles. Une fois morts, les anciens rejoignaient les entrailles de la terre et les racines des arbres. Michel a une bonne gueule brûlée par le soleil et des yeux bleus. Divorcé, il s'est « débarrassé du fardeau du mariage ». Père de deux enfants, il a eu trois restaurants en Afrique du Sud et avoue un penchant pour la cuisine française.

C'est un habitué de la Compagnie Grimaldi. Lors de sa précédente traversée sur le *Repubblica*, il a confectionné dans l'atelier du bord une douche et des chiottes de brousse qu'il emporte dans son Land Rover. Au déjeuner, il nous fait déguster une mangue du Burkina, les meilleures du monde, fondantes comme du beurre.

J'ai l'impression d'avoir quitté l'Europe depuis des mois, d'être un colis parmi les autres marchandises. J'aurais pu me jeter à l'eau lors du passage de l'équateur. Comme un malade qui finit par s'en sortir, je décide de prendre la tangente.

Je suis au large de Douala. Ma petite navigation africaine va se terminer. Il pleut. Une pluie huileuse. Des nuages pareils à de gros yeux gris roulent dans le ciel. On dirait qu'une éruption du mont Cameroun a recouvert le paysage de fumerolles et de cendres. Lumière grise et orangée qui suit les tragédies. Des bateaux attendent en rade, figés dans la torpeur de l'après-midi. On se croirait devant le canal de Panama quand les bateaux se regroupent en convois. Nous sommes devant une Afrique panaméenne.

Enfin, nous remontons l'estuaire du Wouri, entre un alignement de bouées rouges et vertes. Dans la baie de Moukouchou, nous laissons à tribord les îles Kwélé-Kwélé. La mer est paille.

J'essaie de retenir les bruits de la passerelle : le grésillement de la VHF, le tic-tac du gyroscope, le téléphone des machines qui se met à sonner à chaque manœuvre. Au bout de six mille milles de métamorphose, je débarque.

La fille de l'Americano

C'est une obsession : dans les pays que je découvre, je fais le relevé des strates maritimes. À l'ombre des cargos et des môles, dans la fraîcheur des bars à marins. Je prends parti pour les ports, m'enrôle à bord du premier *tramp steamer*. Je voudrais évoquer cette fuite lumineuse.

Ce soir, je suis à Lisbonne, dans la lumière dorée, place du Commerce. J'entends le ressac de la mer. Mes amis mettent sur le compte de Pessoa et de la saudade ma passion pour le Portugal. À la vérité j'y finis une histoire d'amour, en commence une nouvelle. Les ports ont entretenu mon goût de la clandestinité, de la chair.

Carolina est historienne. Je la rencontre au cours d'un reportage sur l'Exposition universelle. Elle travaille pour la mairie, près de la place du Marquis-de-Pombal. Elle achève une thèse sur les relations maritimes entre la France et le Portugal. En charge de la muséographie des océans, elle collecte tous les livres sur la mer. En portugais, en anglais, en français. Elle parle notre langue, connaît des expressions d'argot. Certaines rencontres se placent immédiatement dans le partage. On veut rattraper le temps perdu à ne pas s'être connus plus tôt. Au lieu de parler dans un bureau moderne recouvert d'une moquette bleu atlantique, je l'invite, sous prétexte de l'interroger sur le pavillon des océans, à boire un verre dans la soirée.

— Oui, si vous voulez, me dit-elle sans hésitation.

Dès lors, tout sera fluide entre nous. Elle propose que nous nous retrouvions à l'Americano. Je ne connais pas ce bar. Et moi qui prétends mieux m'orienter à Lisbonne qu'à Paris.

— C'est près de Caïs do Sodre, me dit-elle. Mais donnons-nous rendez-vous place du Commerce, au coin de la rue Augusta.

J'ai le temps de repasser à mon hôtel, de prendre une douche. Je pourrais fuir. J'ai la trouille au ventre.

C'est un soir d'été. Il fait encore jour. Elle m'attend. Nous sommes l'un en face de l'autre, échangeons quelques banalités, traversons la rue des Rémouleurs éclairée par les enseignes du Texas, du Rio Grande, du Rotterdam et où traînent quelques putes d'origine angolaise. Carolina marche avec une légèreté incroyable.

L'Americano se trouve non loin du British Bar, où j'allais souvent à mes débuts à Lisbonne. Je n'avais jamais remarqué cette étroite taverne ni son enseigne rouge semblable à la carotte d'un marchand de tabac.

— C'est un endroit secret, me dit-elle en poussant la porte.

Je vois tout d'abord la collection de bouteilles de porto et de scotch vides alignées sur un mur : bibliothèque de gentleman buveur. Des centaines de destins se lisent dans ces bouteilles vides. J'ai l'impression que des personnages vont en sortir, s'animer comme des marionnettes. Sont accrochés aussi un calendrier de la P & O, un baromètre et la photo d'une frégate américaine de la VIe flotte. Dans ce décor maritime où même un poisson rouge nage dans un bock à bière, une tête de cerf empaillée surveille les femmes.

— Qu'est-ce qu'on boit ? Ils ont de très bons *vinho verde*, dit Carolina en mettant en ordre ses cheveux mi-longs sur ses épaules. Pour un bon *vinho verde*, les Portugais se damneraient.

Quand elle parle portugais, sa voix devient plus grave, plus abrupte. J'ai l'impression d'avoir deux femmes en face de moi.

— C'est votre repaire, l'Americano ?

Elle allume une cigarette.

— Vous pensez que ce n'est pas bien qu'une femme fréquente trop les bars. Je suis portugaise, dit-elle avec un sourire fier. J'aime le vin.

— Et le fado ?

— Oh, le fado, bien sûr, dit-elle cette fois d'un ton rêveur.

Je pense à toutes ces femmes qui ne boivent pas, ne rient pas. Carolina est une femme de bars, de ports.

— Vous savez, me dit-elle, Pessoa venait toujours le matin à l'Americano.

— Le matin ?

— Oui, seulement pour l'apéritif, avant le déjeuner. Après il avait ses habitudes ailleurs, à la Brasileira ou au Martino da Arcada.

Après chaque verre, nous prenons un peu plus la mer. Quand nous sortons de l'Americano, il ne nous vient même pas l'idée de nous quitter. Nous traversons de nouveau la place du Commerce. Le vent du large apporte de la fraîcheur.

— C'est la saison des jacarandas, me dit Carolina.

J'aime les soirées d'été à Lisbonne. Je suis chez moi. Après la maison des Pointes, nous tournons sous l'arcade de Jésus et nous enfonçons dans un dédale de rues et d'escaliers. Côte à côte, nos corps se frôlent. À tour de rôle, nous nous excusons.

Nous dînons dans un restaurant de la place São Miguel, au milieu de laquelle, dans le seul palmier, tous les oiseaux du Portugal se sont donné rendez-vous.

Au début du dîner, en regardant ses mains, je m'aperçois qu'elle porte une alliance. Je ne l'avais pas immédiatement remarquée, elle est glissée derrière une bague. Je ne lui pose aucune question. Nous parlons d'écrivains maritimes, de Henri le Navigateur, de Sagres.

— Je voudrais aller à Valparaiso, me dit-elle.

— Chiche ? lui dis-je, porté par le lyrisme de l'alcool.

Nous nous tapons dans la main.

Plus tard, après avoir glissé vers le tutoiement, nous rejoignons le Club de Fado, au pied de la cathédrale de Sé.

— Il y a, ce soir, d'excellentes fadistas, dit Carolina.

Nous les écoutons pendant près de deux heures : chant des âmes perdues et des ombres dans Ai Mouraria. Carolina connaît les chansons par cœur. Elle m'en explique l'inspiration maritime. Dans la nuit, ses yeux brillent comme de la porcelaine.

— Le fado, c'est l'air qu'on respire à Lisbonne. Ma mère a longtemps été fadista.

— Ah bon ! dis-je, pris au dépourvu.

Carolina c'est un sourire laissant apparaître des dents blanches qui éclairent ses yeux et sa chevelure noirs. Vu de dos, son monde n'est que cambrure. Il y a chez elle une inclination à la dérive propre aux femmes qui ont essuyé quelques coups de vent et s'en sont sorties.

À Lisbonne, ville sismique, nous nous apercevons que nous sommes faits l'un pour l'autre. Je la raccompagne pourtant à la station de taxis, place du Commerce. Et je rentre à pied, seul comme un con, à mon hôtel. Le lendemain, je change d'hôtel et m'installe rua Janelas das Verdes avec vue sur le Tage.

Nos dîners se répéteront selon le même rituel : Americano, restaurant, fado. Seul écart, nous laisserons parfois le restaurant de la place São Miguel pour un autre, à quelques centaines de mètres. Notre complicité amoureuse ira jusqu'à nous pousser à partager les mêmes plats, à choisir toujours le même vin, du Douro ou d'Estrémadure, la même pasteis de nato, cette pâtisserie fondante de Belém. Ces dîners scanderont nos rencontres à Lisbonne.

Je l'appelle de Paris, la veille de mon arrivée. Elle se libère par magie de sa vie de famille, de son mari, de sa petite fille de deux ans et demi, de son travail. À chaque rendez-vous, nous nous offrons un livre, un disque, une gravure trouvée au marché des Voleurs, dans Alfama, auquel nous nous rendons le dimanche après-midi. J'apprends aussi la bouleversante histoire de Carolina. Je voudrais la raconter sans émotion.

Carolina descend par sa mère d'une famille de Sintra, ancienne villégiature des rois portugais, non loin de Lisbonne. À vingt ans, sa mère, Elizabeth, devient une chanteuse de fado réputée dans les *casa tipica*, ces restaurants folkloriques favorisés par Salazar au début de l'Estado novo. Sa mère se produit aussi dans les clubs d'Estoril. Le père d'Elizabeth n'a aucune sympathie pour Salazar et n'aime guère voir sa fille dans des lieux indignes de sa naissance.

À la fin des années soixante, elle rencontre dans une boîte à fado un officier français plus âgé qu'elle, un capitaine de corvette ou de frégate, aux approches de la quarantaine. Son bateau fait escale à Lisbonne. De leur amour naîtra Carolina, qui ne connaîtra jamais son père. Déjà marié en France, ce catholique prend la fuite quand il apprend l'état d'Elizabeth. « Il n'y a pas eu sans doute beaucoup de bateaux militaires français qui sont passés à Lisbonne, en 1968, me racontera Carolina. Je n'ai rien fait pour retrouver mon père. »

Au fond de moi, je me fais le serment de le rechercher.

Il était naturel que Carolina devînt historienne, généalogiste des relations maritimes franco-portugaises. Nous apprenons tout l'un sur l'autre. Nous fréquentons le musée des Azulejos, la fondation Viera-da-Silva et le musée maritime de Belém. Nous entrons dans les églises, mais jamais nous n'irons ensemble au cinéma comme tous les amants du monde car mon portugais est trop mauvais. Elle m'écrit des lettres pendant ses vacances, me téléphone. Elle me dit que je lui manque. Nous nous désirons. Nous nous aimons. Notre histoire se développe dans la frustration. Carolina est mariée. Et nous n'arrivons pas, à la fin du XXe siècle, à transformer notre passion en adultère. Je me fais l'effet d'un impuissant. Il y a entre nous un absolu encore plus fort que nous sommes les deux seuls à connaître.

Nous sommes tous deux des enfants des ports. Elle est la fille d'un officier de la Royale. Je suis le fils d'un capitaine au long cours. Notre amour de la mer libre nous interdit l'escroquerie sentimentale de l'adultère. Les scrupules moraux ne m'ont pourtant jamais aveuglé. Et je n'aime pas résister à un corps qui m'attire.

Jamais je ne rencontrerai son mari, haut fonctionnaire au ministère de la Justice. En France, ma vie se déroule sans Carolina. Pendant près de trois ans, nous nous verrons trois ou quatre fois par an à Lisbonne. Et puis ma vie change de latitude. J'annonce à Carolina que ma page portugaise est sur le point de se tourner : il me sera désormais difficile de revenir à Lisbonne. Elle prend ma main.

Ce soir-là, nous faisons l'amour, pour la première et dernière fois, dans l'hôtel où je descends depuis notre rencontre, au-dessus du Tage. Nous sommes maladroits, parlons beaucoup. Au petit matin, nous prenons le café dans le jardin de l'hôtel encore enveloppé par la lumière vaporeuse du Tage.

Carolina me conduit dans sa Fiat noire à l'aéroport. Que va-t-elle dire à son mari ? À chaque feu rouge, nous nous embrassons. Nous n'avons jamais eu le temps d'être tristes. Nous sommes presque en retard. Je me souviens de l'horaire de l'avion : 8 h 20. Toutes les 8 h 20 du monde seront liées à Carolina. Elle m'accompagne jusqu'au comptoir d'enregistrement : « N'oublie pas que tu m'as promis de m'emmener à Valparaiso », me dit-elle en m'embrassant et en s'accrochant à mon bras. Je franchis les portes d'embarquement.

Je ne suis jamais allé à Valparaiso.

Sud-Américaines

Il y a une histoire d'amour à Lisbonne et un coup de foudre pour Buenos Aires. Le fado et le tango sont nés dans des ports. J'arrive en Argentine sous la pluie. Je tente de sortir de mon hôtel, non loin de l'avenue de Mai. Les bourrasques, l'aqua alta qui menacent la ville m'obligent à faire demi-tour. Je ne suis pourtant ni au cap Horn ni en Terre de Feu. J'enrage, vissé à mon hôtel, devant CNN, *Big Brother* du voyageur.

J'ai pris l'habitude de déserter la France chaque hiver. À Buenos Aires, ce devrait être l'été austral. Le soir, lors d'une accalmie, je dîne dans un petit restaurant de San Telmo, sous un néon blême, pauvre gringo exilé au bout du monde. Je les aime, ces moments de solitude. Le voyage nous fait toucher du doigt l'absurdité de notre condition : marchandise perdue parmi d'autres marchandises. Les villes portuaires m'ont permis de tenir le coup.

Je ne me souviens pas de la présence de touristes, quai n° 1, où je regarde l'*Autumn*, un vieux chalutier, agoniser dans une vase caramel. Je goûte dans les ports cette identité trouble comme un cercle dans l'eau qui s'agrandit et disparaît. Il y a une volupté à passer d'un port à l'autre, du pont d'un cargo à celui d'un express côtier. Ma vie, je l'ai toujours vue comme un colis ballotté.

Qu'est-ce que je recherche ? Des souvenirs ? Des femmes, simplement. Leur présence hante les quais. À bord des bateaux de mon père se construit mon idée de la féminité. Aux soirées de gala, je croise des comtesses italiennes au dos nu, des blondes qui ressemblent plus ou moins à Grace Kelly. Et des brunes aussi belles qu'Audrey Hepburn. Elles portent les mêmes lunettes de soleil que Jackie Kennedy aux régates de Newport. Les robes de soirée gris perle, les escarpins, les smokings blancs. Et les danses après le dîner : paso doble, tango, rumba, biguine. Elles aiment à coups de scotch, et cet alcool a le charme de la contrebande.

Longtemps pour moi une femme fut une passagère de première classe. Aux cotillons succèdent des crises de larmes, des tempêtes, des ruptures. L'érotisme file à vingt-quatre nœuds. Comtesse aux pieds nus, aventurière, chanteuse comme Jane Russell dans *Macao*. On ne se remet pas facilement de l'imaginaire des paquebots. Il faut bien un jour dessaler avant de reprendre la mer.

Toutes les femmes que j'ai aimées sont des femmes des ports, du bord de mer : sudistes, brunes, excessives, nomades. À l'écart du monde. Un temps, je les ai poursuivies comme un errant de la chair. Elles ont comblé ma vacuité d'enfant de la fin du siècle.

Les bars, les bordels, les bouges recèlent l'ultime magie de la nuit.

Soyez bonnes ce soir aux hommes d'équipage
qui descendent vers vous dans l'ombre de l'escale,
Avec des cœurs si lourds et de si doux langages
Étrangers, mots chantés dans les mâts de l'espace…
La tendresse des ports est noyée d'amertume ;
Des lumières dans l'eau et dans l'air bleu et noir
Accrochent des fanaux sur ces îlots d'espoir,
Où les pianos du soir dansent aux seuils de brume.

Louis Brauquier

Dans les dédales portuaires, les labyrinthes réservés, je me suis extirpé de la blanche réalité. Michel Déon raconte qu'à l'étranger son instinct le portait à trouver les « bons endroits ». Je prête à ces femmes une très haute noblesse.

Nous en parlions souvent avec Arnould de Liedekerke, lui, le Flamand des vagues, l'aristocrate belge, connaissait toutes les rues de la soif des ports du monde. Nous avons partagé des bordées. Nous sommes tombés amoureux d'égéries portuaires. Nous avons passé des nuits atlantiques à parler avec elles. Chez quelle femme aurions-nous trouvé la patience d'écouter notre désarroi, notre enthousiasme, au cœur des nuits blanches ?

Sud-Américaines tendres et musiciennes, qui me chantiez les vertiges de l'absolu et les larmes de l'exil, à votre contact j'ai appris l'exceptionnel.

Il m'est arrivé aussi de me retrouver attablé par le hasard du voyage à une table devant des solitaires qui croisaient de port en port : elles ne pouvaient vivre ailleurs.

Je pense à A., princesse byzantine, dont *Le Colosse de Maroussi*, de Miller, était le livre de chevet. Elle me lisait des poèmes de Kavvadias, tirés du recueil *Marabout*, à haute voix :

À jamais, je resterai l'amant idéal et indigne
des voyages lointains et des mers azur,
et je mourrai un soir semblable à tous les soirs
sans perdre la ligne trouble des horizons.

Et A. me racontait la vie d'un capitaine grec à l'époque de Kavvadias, de la vocation maritime, si mystérieuse, si animale, la plus ensorcelante de toutes les femmes.

À Buenos Aires, dans les salons de tango de la Confiteria Ideal, les jambes des danseuses m'enlaçaient comme des serpents de Lycra. De combien de partenaires de tango suis-je tombé amoureux ? Et quand je pense aux femmes tango, à leur souveraineté, je ne peux m'empêcher de les comparer à nos trentenaires mordantes qui veulent arracher un lambeau de pouvoir.

À Buenos Aires, je passe chaque jour au Café Tortoni. Gardel et Borges y avaient leurs habitudes. J'y retrouve le dessinateur Jacques de Loustal, homme des lointains et des bords de mer. Coiffés d'un panama, les pieds dans le sable, le regard tourné vers l'horizon, accrochés à leur bouteille de whisky, à leur Remington, ses personnages avancent dans la vie au bras de starlettes ou de créatures portuaires.

Le soir, avec Jacques et des amis argentins nous faisons une bringue à tout casser. Elle commence dans sa chambre d'hôtel, magnifique suite des années quarante, et se poursuit dans les bals populaires et les bars plus ou moins décadents. Dopé à l'énergie de Buenos Aires, je m'endors avant d'être réveillé par Jean-Luc Coatalem, débarqué de l'avion de Paris. Il m'attend à la réception.

Longtemps il gardera le souvenir de mon visage hilare : « Mais qu'est-ce que tu as pris ? » Jean-Luc est en cale sèche. Il attend un bateau qui doit l'emmener sur le rio Parana mais la compagnie a fait faillite. Notre amitié est née à l'âge adulte autour de son livre *Suite indochinoise*, dont je fus l'éditeur. Il fume mes cigarettes et prend des notes fébrilement comme un peintre croquant un dessin à toute vitesse avec des effets de poignet.

À Paris, nous nous retrouvons à La Rhumerie martiniquaise. Dans l'arrière-salle de notre case antillaise, nous conspirons autour des îles, de Brauquier, et d'une vie aventureuse. Jean-Luc prend un zombie, moi un daiquiri.

Nos enfances sont assez proches. Son père était militaire. Ses plus belles années il les passa à Tahiti, à Madagascar et moi, un peu plus tard, aux Antilles. Nous sommes tous les deux des enfants des îles, de la sensualité. J'apprécie son sourire franc, ses yeux asiatisés, son visage entre celui de Morand et celui de Vialatte. Nous nous voyons pour partager la dérision et l'excitation du voyage.

Ce voyage à Buenos Aires a pour lui un sens particulier. Son viatique est *L'invention de Morel* de Bioy Casares, écrivain argentin. Nous passons plusieurs jours ensemble dans San Telmo et la Boca, buvons des bières dorées au Dorrego Bar, plantons nos dents dans des *bife de lomo* grillés à la *parilla*. Au cimetière de la Chacarrita, nous rendons hommage à notre dieu, Carlos Gardel. Nous lui glissons une cigarette dans sa main droite en bronze. Elle donne l'illusion qu'il est vivant. D'office nous nous décrétons portègnes (habitants de Buenos Aires).

C'est Jean-Luc qui me pousse à acheter l'affiche de *Puerto* (Le Port) et celle d'un film espagnol, *Fuera de la Lay* (Fuir la loi). Les voyages maritimes m'ont donné l'illusion d'échapper à la loi des hommes.

Le phare de Chausey

Retour en France, je subis un coup de lune : je saute dans ma voiture, rallie la route des estuaires. Elle longe les côtes de la Belgique, de la France, du Portugal. Je la parcours comme un forcené à la recherche d'un point de vue idéal. Je me fais l'effet d'un archéologue à la poursuite d'un trésor englouti : le bonheur. À l'ouest, il doit exister une utopie, un phalanstère maritime.

Je ne demande qu'un phare, trois rochers, un bar, la solitude. Chaque fois, je dois remettre un peu plus de carburant dans la bagnole. Nuits de brume où je débarque en plein hiver dans le Cotentin. Je passe par Barfleur avant de rallier Carteret. Je dors dans de drôles d'hôtels éclairés à la chandelle. Je suis le seul client. J'entends les poutres craquer. C'est Barbey d'Aurevilly qui tire les rideaux.

Enfin, un littoral hors du temps ! C'est l'Irlande en France. Murs de pierre, toits de lauzes, chemins enchâssés dans les ajoncs et la bruyère, murs de pierre telluriques. Pays des songes. Je passe l'après-midi barricadé au Café des Goélands, à Barfleur, à regarder les vagues se fracasser contre les digues. Je traverse toutes les saisons du Cotentin.

Je m'enfonce dans les landes de la Hague. J'ai des émerveillements : baie d'Ecalgrain, niche d'améthyste, nez de Jobourg, où j'entends la voix des bateaux sur le canal 16, cette mélodie internationale, raz Blanchard, où avait sombré en 1912, avec son équipage, le sous-marin *Vendémiaire*. Le port de Goury devient mon refuge. Les soirs de tempête, à l'auberge du port, je me régale d'un homard grillé et de pommeau. Tous les coups de vent m'y semblent supportables.

L'hiver, Granville, au pied du Cotentin, m'ouvre ses portes. J'ai longtemps gardé ce port de la Manche comme un recours, mon chevalier Destouches dans ma poche revolver.

Cette fois, j'ai affrété une vieille coque en bois. Cap sur Chausey. Je prends mes quartiers dans un hôtel du port. Bien avant l'aube, je rejoins Gilles, un ami photographe, et Gilbert Hurel, notre capitaine, qui a les cheveux et la moustache courts, le regard brillant, l'allure déliée. Nous embarquons sur le *Courrier-des-Îles*, dessiné par le peintre de la marine, Marin Marie.

Appareillage. Nous laissons derrière nous

l'église Saint-Paul et ses deux coupoles byzantines, qui valurent à Granville le surnom de Constantinople normande. Je vois aussi les palmiers dans les jardins, derniers amers de la terre ferme. Le palmier, mon arbre voyageur. C'est aussi grâce à lui que j'aime le Cotentin, riche en trachycarpus fortunei. Nous n'en avons pas en haute Normandie. Ils émergent seulement au-delà de la Seine. J'ai la tête dans les pommiers mais devant un palmier je renifle les Antilles. Le Cotentin, mon tropique normand.

Le *Courrier-des-Îles* file six nœuds. En voyant disparaître le littoral et la pointe du Roc, j'ai une pensée pour Cendrars. Son portrait par Doisneau se trouve au musée Anacrénon de Granville. Nous prenons notre premier café derrière le roof bleu. Marin Marie est à nos côtés. « Quel bonhomme, dit Gilbert dans la pénombre qui s'éclaircit. Grand Marin ! Grand viveur ! Grand artiste ! J'étais son ami. »

Il ne se remet pas de sa mort. Marin Marie avait la silhouette d'un personnage de Mac Orlan. La délicatesse de sa palette était infinie. Il avait traversé l'Atlantique en solitaire à bord de l'*Ariane*, peint le *Normandie* et la Martinique. Il avait fait le coup de feu aux Minquiers pour reprendre cet archipel aux Anglais, dont il admirait tant les qualités nautiques. Riche, il ne faisait que ce qui lui plaisait. Le *Courrier-des-Îles*, bateau joufflu d'apparence, gracieux dans l'allure, lui ressemble.

À l'approche de Chausey, je devine que c'est l'archipel du surnaturel. Je suis sur le pont, une main au hauban. Je pense à cette photo prise par Brauquier d'une goélette arrivant à Nouméa sous un ciel immense que l'on entrevoit à travers les haubans. À cette saison, aucun plaisancier ne navigue dans les parages de Chausey. Nous sommes trois amis, en mer, à contretemps.

Les îles des animaux marins en train de se réveiller. Je me trouve dans un royaume hanté par des naufragés qui chevauchent des dauphins, nombreux et visibles chaque année dans le *sound* de Chausey. Les esprits flottent sur la mer trop calme. Ici un trois-mâts barque, le *Clarisse*, a coulé en 1873. Là une île porte le nom de Huguenots en souvenir des calvinistes qui s'y cachèrent avant d'émigrer vers l'Angleterre. Un rocher s'appelle la Langue d'aspic, un autre le Grand Cheval. Un troisième le Lézard.

L'archipel me paraît vierge. Jamais foulé par les hommes. Le ciel est panaché, traversé par des fous de Bassan, des cormorans huppés, des hérons pourprés, des moineaux dorés africains, des chevaliers-gambettes et des chevaliers aboyeurs — ces deux noms me renvoient au chevalier Destouches, le héros de la chouannerie.

Nous jetons l'ancre. À bord du doris, nous abordons la grande plaine du Rétin. Le vent et la mer ont dessiné des arabesques, des ridins. Nous ramassons des coques par centaines. Puis nous rembarquons et nous dirigeons vers Grande-Île. Gilbert Hurel connaît le moindre rocher, la profondeur d'eau de chaque passe. J'admire ces hommes qui vouent leur vie à la mer. Il est maître à bord. Et personne ne l'emmerde sur son vieux gréement.

Par la petite cale des Blainvillais nous abordons la Grande-Île. On a l'impression que les habitants ont quitté les lieux. Comment est-ce, Chausey, en été ? Nous posons nos sacs dans la petite maison de Gilbert. On se réchauffe. On débouche une bouteille de la Lagune 97.

L'après-midi, je m'arrête devant la maison de Marin Marie. Elle domine le port. Grâce à ses fenêtres en demi-lune elle s'ouvre à la lumière. Ici, il a travaillé, multiplié les bringues. J'ai souvent croisé ses pas. À Fort-de-France, Saint-Barthélemy, New York, mais aussi Bora Bora. Nous partageons la même fascination pour le *Normandie*, le plus beau paquebot de tous les temps.

Quand nous appareillons de la Grande-Île, le crépuscule est déjà là. Le phare de Chausey se met en marche : un éclat toutes les cinq secondes. Granville lui répond : quatre éclats toutes les cinq secondes. Les phares, palmiers lumineux, me poussent à délaisser les lumières de Paris. Cap sur Granville, je prends la décision de vivre au bord de la mer.

Sainte-Marguerite-sur-Mer et Varengeville

Un matin de printemps, le coupé Mercedes, vingt ans d'âge, longe la Scie, en Normandie. La petite route départementale se faufile comme le cours d'eau jusqu'à la mer. Nous arrivons de Paris. Dans le rétroviseur, Martin, notre fils. La bagnole est la métaphore du couple. Côte à côte, nos vies suivent apparemment la même route. Les deux visions parallèles ne se croiseront jamais.

À quoi je pense ce matin ? J'ai un métier, cadre dans l'édition. J'ai écrit quelques livres. Nous sommes locataires d'un bel appartement, en rez-de-chaussée certes, mais avec moulures et hauteur de plafond. Nous vivons à découvert comme tous les jeunes couples parisiens.

Malgré les 14 CV du coupé Mercedes, le moteur à injection ne répond plus quand j'appuie sur l'accélérateur. Je ne me suis pas remis de la séparation d'avec mon cabriolet Peugeot, voiture du littoral. Je m'étais promis de ne jamais rouler en berline. J'ai dû concéder un coupé pour installer poussette et Baby Relax. De quoi ai-je l'air ? J'avais juré de ne pas quitter des yeux les départementales estampillées Michelin. Le dimanche soir, je me retrouve, bloqué dans les embouteillages du péage de Mantes-la-Jolie : « Tu la voyais pas comme ça, ta vie, et c'est une toute petite vie. »

Au creux des falaises je vois Pourville. Je respire : « Ce week-end, on trouve une maison et on déménage. » Cécile met sur le compte du livre que je suis en train d'achever cet accès compulsif.

Le soir, je l'emmène à Offranville, terre du peintre Jacques-Émile Blanche. Nous passons sous la hêtraie, magnifique coulée verte empruntée autrefois par les chasse-marée qui gagnaient Paris à coups de fouet. Devant une agence immobilière fermée, nous nous arrêtons sur la photo d'une petite bicoque Belle Époque. Je sais où elle se trouve.

Je l'avais remarquée trois ou quatre ans plus tôt quand je sillonnais les routes au volant de mon cabriolet. Une maison, comme un tableau, nous choisit. Qu'ai-je vu en premier ? L'escalier, la salle à manger, le jardin ? Tapant du poing sur la table de la salle à manger, geste normand et sanguin qui conclut tout acte de vente, j'annonce au propriétaire : « J'achète. »

Nous n'arrivons pas en terre inconnue. Nous

ne sommes pas des néoruraux. Combien de fois ai-je traversé ce petit village de cinq cent treize habitants sur la route de la mer, après Varengeville. Les Romains avaient construit une villa derrière notre jardin. Assurance d'une vie solaire dans une région injustement réputée pluvieuse. Le 19 août 1942, lors du débarquement anglo-canadien à Dieppe, le commando britannique n° 4, sous les ordres de lord Lovat, s'est lancé sur la plage de Sainte-Marguerite. Il s'illustrera, deux ans plus tard, le 6 juin 1944, accompagné de sa célèbre cornemuse. J'ai toujours eu de l'admiration pour ce seigneur de la guerre. Son coup de force à Sainte-Marguerite me touche. Son commando a réussi à neutraliser une batterie ennemie à Vasterival. En représailles, les Allemands ont détruit les jolies maisons du bord de mer. La nôtre, en seconde ligne, vestige d'une époque balnéaire et insouciante, a été épargnée.

Nous quittons Paris, inscrivons notre fils Martin à l'école, place du Commando n° 4. Je suis né à douze kilomètres, mais dans le village on est prêt à me prendre pour un horsain : « Vous qui n'êtes pas du pays », me dit-on. Je nourris des rêves de marin, à terre. Le ciel est maritime et les champs avec leurs galets ronds de blé sont des océans plats comme la main. Chaque jour, les lumières m'ouvrent de nouveaux horizons. Notre maison a longtemps été habitée par une Khmère née à Phnom Penh. Devant la grande plaine de Longueil, sur laquelle se détache parfois un cavalier au galop à la poursuite du vent, Cécile me dit : « Ce vert rappelle le Vietnam. » Je ne tarde pas à tracer une ligne imaginaire entre Sainte-Marguerite et Saigon.

Au milieu des fougères et des plantes carnivores nous nous promenons jusqu'au cap d'Ailly. L'exotisme est à portée de main. Le défilé des falaises jusqu'à Saint-Valery-en-Caux m'ouvre chaque jour une perspective. Les marées lavent mes idées sombres. Mon désespoir ne résiste pas à une rasade d'embruns. Les journées passent trop vite. Le temps est martelé par la cloche de l'église.

Au printemps, je me lève pour ne pas manquer les premières lumières. Les soirs d'été, dans le bleuté de la nuit, les pins maritimes me donnent l'illusion d'habiter un pays d'ambre et de soleil.

Notre vie s'oriente selon les vents. Les nuits de tempête et d'hiver, quand toute la maison dort, je ne peux m'empêcher de sortir : je suis en mer. La lumière verte du phare de l'Ailly balaie le jardin. Nous traversons des creux de huit mètres. Le bateau roule. Je suis à la passerelle. Je tiens la barre.

Chaque départ de Sainte-Marguerite est un déchirement. Les matins d'hiver, quand je prends le train pour Paris, il fait encore nuit. Des nuages d'encre filent dans le ciel. À Pourville, la mer s'encadre au-dessus des tennis de terre battue, à l'endroit de l'Auberge du Père Jules, où se réunissaient les impressionnistes. Chaque fois c'est une surprise qui donne des couleurs à la journée. À l'horizon, un bateau en rade attend la marée pour entrer dans le port de Dieppe. Dans les virages, en haut des falaises, je regarde le point de vue une dernière fois. Je tourne le dos au bonheur.

Ma vie est un train entre Paris et la Normandie. Aller et retour express, en michelines rouges. La verrière de la gare Saint-Lazare garde prisonnières les fumées bleues peintes par Monet. J'imagine les impatiences de Maupassant, autre abonné de la ligne, quand il savait qu'il retrouverait les bains de mer d'Étretat. Prendre le train à Saint-Lazare, filer à l'anglaise, trouver la porte de sortie. Longtemps le train de marée qui déposait les passagers au pied du ferry à Dieppe s'est appelé le train des Anglais. Paris et Rouen sont derrière nous. Le ciel se dégage à partir d'Auffay. Commence la vallée de la Scie avec ses châteaux de la Renaissance italienne, ses manoirs du XVIIe siècle planqués dans le coude d'une rivière.

Sur le quai de la gare de Dieppe, j'entends le cri des mouettes. Cette gare balnéaire à la facade crème, aux hangars de bois rappelle l'atmosphère du Front populaire. Je saute dans ma voiture. Après avoir laissé à main gauche le golf de Dieppe, amorcé les virages au milieu des prés à vaches, la mer surgit d'un coup, à soixante-dix mètres sous la route. Une apparition peinte par Monet. J'aime aborder Pourville, l'hiver, quand les champs inondés, éclairés par les lumières vacillantes, lui donnent une allure de Venise normande. Avant la guerre, on y jouait au casino. Sur un flanc de falaise s'élèvent encore des villas de la Belle Époque.

Accélération vers Varengeville. Crissement de snobisme dans ce village où les Parisiens ont trouvé refuge, à l'abri des valleuses. On y reviendra. Gagner Sainte-Marguerite au plus vite. Je laisse à tribord la gorge de Vasterival et l'Hôtel de la Terrasse, où séjournait Bernard Frank, jeune homme.

Je n'ai aucune certitude dans la vie. Je me demande ce que nous faisons là. Quand nous avons quitté Paris, nos amis nous ont pris pour des excentriques. Comme si nous nous apprêtions à faire le tour du monde en planche à voile. Notre maison est devenue une auberge normande. Il faut du temps et du calme pour recevoir des amis. J'ai appris à mieux les connaître dans mon jardin. À l'ombre des pins maritimes, hamacs et transats ont bercé nos songes équatoriaux.

Je descends vers la plage. Les pêcheurs de Quiberville hissent leurs doris sur les galets à l'aide de tracteurs. Avec leur ciré jaune, ils ont l'allure de capucins. J'ai le temps d'observer leur barque à fond plat, leurs filets couleur rouille et leurs bouées aux pavillons multicolores qui régaleraient les peintres de la marine.

Avec son voilier peint sur le mur le bazar de la plage ouvre ses portes. Il est à vendre. Avis aux amateurs! J'espère qu'on y trouvera toujours ces horribles coquillages, les ballons, les pelles, les bateaux pneumatiques et surtout les coucous de la Forêt-Noire. Les premiers clients sortent de l'Hôtel de l'Huîtrière.

Quels que soient les masques que nous prendrons, nous resterons fidèles à nos falaises. Tournées vers l'ouest, elles nous protègent et nous ouvrent de nouveaux mondes. Cet alignement de craie, d'argile colore la mer et le ciel. Rien n'est moins monotone. Elles changent sans cesse d'aspect. Des coulées vertes semblent se précipiter dans la mer. Elles évoquent la palette abandonnée d'Albert Marquet. Vulnérables, attaquées par l'érosion, elles reculent en même temps que nous. Et seront encore là quand nous reposerons dans un cimetière marin.

Au cimetière de Varengeville, qui un jour tombera dans la mer, j'effectue le même parcours depuis l'enfance : tombes de mon arrière-grand-père, du dramaturge Georges de Porto-Riche, du musicien Albert Roussel, de Georges Braque et du grognard de Napoléon : « Jacques Antoine Danois fut 14 ans sous les drapeaux. Il gagna le grade de sous-lieutenant et le titre de chevalier de la légion d'honneur dans le 57e régiment de ligne. Retraité il fut agent voyer, percepteur des contributions directes, résident à Varengeville. Il combattit vaillamment en Autriche, en Prusse, en Russie. Il était à Ulm, Austerlitz, Iéna, Eylau, Friedland, Eckmühl, Esling, Wagram, Smolinsk, la Moskova, Lützen, Bautzen, Dresdes. Soldat il fut brave sous son toit. Dans les fonctions publiques, il fut bon et probe. »

À Varengeville, des gorges entaillent les falaises et descendent jusqu'aux galets. Nous empruntons ces chemins les soirs d'été et d'arrière-saison pour nous baigner et pêcher le bouquet qui se cache sous les roches.

Je ne vis pas de la mer, mais je la respire comme un gardien du littoral isolé dans sa casemate. Sainte-Marguerite-sur-Mer, ma *querencia* maritime.

Compagnon secret

Je tiens *Le crabe-tambour* de Pierre Schoendoerffer pour l'un des meilleurs romans maritimes. Seul, je repasse souvent le film qu'il en a tiré, avec Rochefort, Perrin et Dufilho. Surtout la scène du début, l'appareillage de l'escorteur dans une aube grise, de Lorient. Un enseigne de vaisseau donne les ordres sur l'aileron de passerelle. Il suit une route dangereuse entre les coffres flottants. D'un coup, le pacha intervient : « Je prends. » Il récupère la manœuvre, corrige la position de barre. « Merci, commandant », dit le jeune midship pour l'avoir sauvé d'une collision certaine. La réponse est d'un autre siècle : « Un officier n'a jamais à dire merci, ni à s'excuser devant un supérieur. Jamais ! C'est un de nos privilèges. »

J'aime *Le crabe-tambour* pour ses dialogues, ses conversations au carré quand le navire roule, son cérémonial militaire. Je ne peux monter à bord d'un bateau de la Royale sans y penser. Janséniste de la mer, Schoendoerffer a fixé les rites religieux de la navigation. Il y a du moine trappiste chez cet homme, marqué par Dieu, la fidélité. Son roman est culte dans la marine.

J'ai rencontré Schoendoerffer un jour au cours d'un déjeuner. Lui ai-je dit mon admiration ? Je ne m'en souviens plus. Nous siégeons tous les deux à un jury littéraire. Il porte un ceinturon de l'Armée rouge avec une étoile flambante au milieu. Il n'a lu aucun des livres sélectionnés. Mais il se lance dans des digressions et des commentaires pleins d'humour. On sent l'écrivain absorbé par son univers, indifférent à celui des autres. Cette insularité me plaît. Je ne force pas la conversation. Il a donné le meilleur de lui dans son roman.

« Notre Indochine, dit-il d'une voix très basse, c'est fini, Pierre. Fini ! Je suis plein de honte et d'amertume... Je savais que ça finirait comme ça. Rentre avec moi. »

À trente-trois ans, je découvre le Vietnam. Est-il si différent de l'Indochine de Schoendoerffer ? La moitié de la population a moins de vingt ans et n'a pas connu la guerre. Les Honda Dream II ont remplacé les pousse-pousse. Les téléphones portables, les postes radio de brousse. Les anciens garages Citroën de Hanoi abritent une boîte de nuit, le New Century. Au Continental Saigon, on ne boit plus de Pernod. Mais le ciel, les lumières, le paysage n'ont pas changé.

Haiphong est à une centaine de kilomètres de Hanoi. La route est dangereuse, presque une ligne droite. À chaque voyage, on est sûr d'y croiser au moins deux morts, des motocyclistes happés par les camions. Je vais devoir m'habituer à ce spectacle. Des nattes recouvrent les corps et des bâtons d'encens s'élèvent vers le ciel.

Comme souvent en voyage, je suis accompagné d'un photographe. Nicolas Cornet connaît le Vietnam depuis quinze ans. Il a vécu la période où dans les rues on n'entendait que le grincement des pédaliers : les Vietnamiens n'avaient pas le droit d'adresser la parole à un étranger.

Nous rejoignons la baie d'Along par une route défoncée et embarquons sur une jonque de trente mètres de long, en bois de fer, armée d'une belle voile triangulaire de couleur brique. Le subrécargue responsable du bateau est né en Nouvelle-Calédonie, où son père travaillait dans les mines de nickel. Ce Vietnamien parle français. Son titre de gloire : avoir tourné avec Catherine Deneuve dans le film *Indochine*. Il a un visage plat, carré, rieur de vieux crabe. Nous le surnommons le Crabe-Tambour.

Amarres larguées. À l'horizon, les montagnes vertes ressemblent à des vertèbres dorsales de dragon. *Along* signifie : « là où le dragon descend dans la mer ». Au bout d'une heure de navigation, nous atteignons le milieu de la baie, dans la lumière dorée de la fin d'après-midi. Les écrivains, les voyageurs ont pillé les couleurs d'Along. Mais qui la découvre ressent l'impression d'assister, seul, à la naissance du monde.

Les îles, ces pains calcaires, semblent glisser sur l'eau d'un vert épais. J'essaie de retenir des impressions, mais à chaque minute les couleurs se métamorphosent, passent de l'émeraude à l'améthyste. Je pense à Martin, mon fils, en espérant qu'il viendra à son tour sur la baie si elle n'est pas transformée en parc aquatique d'attractions. Les jambes croisées, mon *krama* autour du cou, je me tiens à l'avant de la jonque.

Nous laissons à main gauche les rochers de la Poule et du Coq. À côté de nous, des petits bateaux pareils à des corbeilles d'osier. Certains pêchent à la ligne, d'autres avec un filet. L'île de Cat Ba n'est pas loin. C'est là où Willsdorff, le crabe-tambour, déniche une jonque.

Assis en tailleur cette fois sur le roof, je songe à cette foutue idée qui nous hante un jour ou l'autre : tout larguer. Embrasser le monde comme une cause perdue. Je ne sais pas ce qu'il y a au fond de la baie. Nos mouillages devant les différentes grottes où s'arrêtent les touristes me laissent presque indifférent. Les stalactites et les stalagmites de calcaire aux formes de pieuvres géantes, de tortues, de chapelets d'oignons composent un paysage préhistorique. On a l'impression de plonger dans les plis intimes de l'écorce terrestre. Je ne quitte pas notre jonque de vue qui se détache sur une eau lisse.

Dans la lumière déclinante, la baie d'Along devient un morceau d'étoffe. On pourrait y découper un *ao dai*, la robe traditionnelle. À chaque voyage, j'en achète un à Cécile. Ma femme me fait songer à certaines Vietnamiennes du Nord, grandes, les pommettes saillantes, les cheveux courts. Ma femme est aussi longue que le Vietnam. Cécile est mon Vietnam.

Maintenant la jonque est au mouillage devant la plage Hô-Chi-Minh déserte. Pas un seul bateau en vue. Le soleil fond entre les pains de sucre. En a-t-il vu, Willsdorff, de ces couchers de soleil ? En 1954, mon père fait son service militaire à Toulon. Tous les officiers de carrière sont envoyés en Indo. Et les appelés draguent les femmes d'officiers supérieurs. C'est du beau, papa !

C'est le grand calme du crépuscule. « Les voiles réapparaissent sur la baie d'Along », me dit notre jeune capitaine. Le cuisinier coupe les légumes à la machette. Les marins jouent aux cartes. Je parle avec le subrécargue de sa vie : marié à une

Chinoise, il aurait pu s'exiler à Hong Kong au début de la guerre contre la Chine. Mais il est resté. Pour lui le paradis sur terre, c'est Nouméa. Il y a passé son enfance.

— Tu connais le roman *Le crabe-tambour* ? Ça se passe au Vietnam du temps des Français.

— Non ! me répond-il. C'est comme *L'amant* ?

— Pas vraiment. C'est l'histoire d'un officier français qui quitte le Vietnam à bord d'une jonque.

Comment lui résumer ce roman, au vieux Crabe ? Il n'a pas tout à fait tort. *Le crabe-tambour* et *L'amant*, deux histoires d'amour avec l'Indochine. Les bruits, les odeurs du Mékong. Quand les Occidentaux écrivent sur ce pays, c'est toujours la déchirure, l'impossible fusion des sangs blanc et jaune. Ils ne s'en remettent pas. C'est peut-être cela, le mal jaune, une marque, un papillon tatoué sur l'épaule qui vient voler dans votre cerveau.

— Nous préférons les Français aux Américains. Tu vois, me dit-il en montrant du doigt les étoiles la nuit. Les aviateurs américains ont miné la baie.

J'imagine que ces grottes recouvertes par la jungle devaient être une planque idéale pour le Viêt-minh.

La nuit avançant, nous buvons force scotch. Vient le moment où nous parlons femmes.

— Pourquoi tu n'as pas commandé des filles avant de partir ? me dit-il. C'est très facile. Elles seraient venues à bord en bateau à moteur. La prochaine fois, je te présente les plus belles.

Mon Crabe-Tambour se régale d'histoires grivoises, m'interroge sur la sexualité des Françaises.

— Est-ce que tu peux m'envoyer du Viagra de France ?

Il y a quelques années les Vietnamiens vous demandaient des antibiotiques. Maintenant, ils veulent du Viagra. Les yeux du Crabe brillent dans la nuit.

Il n'y a pas de femme dans *Le crabe-tambour*. C'est un roman sur le devoir, une affaire d'hommes, l'histoire de moines-soldats en mer.

Je fume un cigare. Il n'y a que le chat noir, M. Degouzzi, qui ne fume pas le cigare dans le roman. Fumer en regardant la nuit si intense de la baie d'Along. Le mât de la jonque crève le ciel étoilé. Jamais une nuit, même sous la croix du Sud, ne m'a paru si belle, si proche, si palpable. Les lumières du bateau s'éteignent. La mer est d'un vert phosphorescent. Je dors à la belle étoile sur le roof, bercé par le clapotis de l'eau contre la coque.

Le matin, le soleil se lève d'un seul mouvement derrière le rocher de la Selle de cheval. Dans l'eau, des méduses rouges et des hippocampes jaunes. La vie commence à frémir. Les premiers bateaux de pêcheurs font leur apparition.

La pêche, le dernier ordre de Willsdorff. Chassé de l'armée à cause de sa fidélité à l'Algérie française, il devient capitaine de chalutiers. Déjà une légende dans cette nouvelle famille. Il offre des dîners somptueux à son équipage dans les restaurants de Saint-Malo. Il est embarqué sur le *Damoclès*, un bateau de Fécamp. Ce nom me renvoie au *Dogger-Bank*, chalutier fécampois, qui porta secours au *Snekkar-Arctic* et perdit un homme durant le sauvetage. Je revois encore l'ex-voto, dans la petite chapelle Notre-Dame-du-Salut, sur les hauteurs de Fécamp, commémorant ce naufrage de février 1986, mon premier reportage de journaliste.

Le *Damoclès* met en drague en mer de Barents, au large de la Nouvelle-Zemble. Là même où mon grand-père maternel allait pêcher. Est-ce la mer qui lui avait donné cette bonté, cette intelligence? Je ne l'ai jamais vu élever la voix. Un homme d'une douceur inouïe, d'une sagesse presque asiatique. J'ai vu ses anciens hommes d'équipage pleurer à son enterrement. La mer vous apprend que le pire est toujours certain, l'humilité — malheur à celui qui prétend la dompter — et le sang-froid indispensables à la navigation.

Le crabe-tambour est un roman désespéré, porté

par la foi. Mais ce matin, devant nous, apparaît le Diable. L'arche du Diable. La matinée est belle. Nous mouillons l'ancre. Et mettons la chaloupe à l'eau. Nous allons traverser les enfers. Pourquoi ce nom, arche du Diable ? C'est un tunnel de calcaire. Nous pouvons le toucher de la main. À son extrémité, une crique fermée, un disque d'émeraude. J'y vois le crabe-tambour. J'ai l'impression d'avoir remonté le temps. L'endroit est inviolé. Les fougères qui tombent en cascade des pains de sucre ont soustrait ce paradis aquatique au regard des hommes. « Personne ne vient ici, me dit notre Crabe-Tambour. L'arche a été découverte il y a seulement quelques années. » La tentation est trop forte. Nous plongeons.

Il faut revenir vers le continent. Je vais retrouver un peu plus tard le crabe-tambour dans le delta du Mékong. Il n'y a pas de jonque mais des sampans et des bateaux de bois aux flancs joufflus. Une pétarade de moteurs. Des parfums de caramel, de riz soufflé et d'ananas. Est-ce le bruit qu'entend Willsdorff et les odeurs qu'il respire quand à vingt-deux ans, jeune enseigne de vaisseau, il commande une flottille sur le Mékong ?

Je me demande si Marguerite Duras a lu *Le crabe-tambour*. Elle vécut à Sadec du temps où elle s'appelait encore Marguerite Donnadieu. Ciel mauve, parfum de roses, palmiers mélancoliques, marché débordant d'ananas : Sadec, la perle de Cochinchine. Duras n'était pas insensible aux causes perdues, aux uniformes blancs de la marine. Moi qui ricanais de son œuvre sans l'avoir lue, je m'y suis plongé pour ce voyage au Vietnam. On ne dira jamais assez l'importance de l'eau, du fleuve, de la mer dans ses romans. Je passe devant la maison de l'amant, ce Chinois du Nord qui l'emmenait dans sa garçonnière de Cholon. Chez Duras, on fume des 501. Chez Schoendoerffer, des cigares.

Une batelière vêtue d'une tunique de coton mauve m'emmène sur l'île en face de Sadec, où apparaissent de belles maisons coloniales échouées sur cette partie du fleuve. À l'arrière de la pirogue, elle pousse ses rames dans un mouvement doux et élégant, presque soyeux. C'est une femme du fleuve au visage fin. À la regarder de plus près dans le crépuscule qui dessine des idéogrammes roses dans le ciel, je lui trouve une ressemblance avec Marguerite Duras jeune. À bord des pirogues du Mékong, j'aime m'allonger et me laisser bercer par le léger balancement de l'embarcation en regardant le ciel. Hors du temps, d'atteinte : le nirvana maritime. J'ai rarement autant senti cette impression d'être détaché du monde et au cœur du monde. Le voyage, c'est l'enfance. L'insouciance, les eaux chaudes, l'irresponsabilité.

Nous abordons la petite île. Des adolescents entraînent des coqs de combat. D'autres jouent au billard. J'ai l'impression qu'ils n'ont pas vu de Français depuis longtemps. Ils tournent autour de nous en rigolant : « Phap ! Phap ! » Ils se livrent à des conciliabules. L'un d'eux finit par nous expliquer qu'un Blanc vit sur l'île. Mon imagination s'enflamme. La beauté d'un lieu provoque une excitation presque érotique. Il y a des Français qui n'ont jamais voulu quitter le Vietnam. Des soldats qui ont déserté et se sont planqués dans les campagnes pendant la guerre. « Non, Willsdorff !... Je ne rentre pas. Je reste en Extrême-Orient. Je ne rentrerai jamais en Europe, ça ne m'intéresse plus. »

Ils se sont coulés dans le paysage, ont traversé le communisme. Sous le soleil, leur peau a bruni. Ils ont eu des enfants avec des Vietnamiennes. La famille les a absorbés, soustraits au regard de l'autorité. Un *krama* autour de la tête, ils ont changé d'identité. Willsdorff, lui, est rentré en France. Ce n'est donc pas lui le Français de Sadec.

Au bout de quelques minutes, nous voyons arriver un adolescent. Il pourrait être originaire du sud de la France. Cheveux noirs, peau mate mais visage d'Européen. C'est un quarteron. Il nous explique que son grand-père était français. Il nous invite chez lui pour nous présenter son père. Nous partons entourés de ces jeunes gens, fous de joie, comme si nous allions rendre hommage au chef du village. Ils ne cessent de nous toucher la peau. Après avoir longé un arroyo, nous arrivons devant une case. Le père fait la sieste. Il cuve son alcool de riz. Il se lève pour nous accueillir. Il s'appelle Diem.

Au fond de la pièce, les lits en bois séparés les uns des autres par un rideau de coton. Et dans la pièce principale un vélo, et un sommier qui sert de banquette. Diem nous raconte son histoire. Son propre père était un militaire français. Il ne l'a jamais connu. Tous ces hommes qui laissaient des enfants derrière eux, quelle a été leur vie une fois rentrés en France ? Ont-ils voulu revenir après la guerre ? Ont-ils été hantés par cette absence ? Il ne connaît ni l'arme dans laquelle servait son père ni son prénom. Et sa mère est morte. « Maï li que je n'ai pas épousée, Maï li est morte, assassinée à Phnom Penh. Un mot a été laissé sur son corps : "la putain du Français". »

Nous revenons vers l'autre rive. Ma batelière m'attend dans sa tunique mauve et sous son beau chapeau conique. Elle a l'élégance de l'eau. Vais-je rester à Sadec ?

Le lendemain, je me réveille au milieu des lycéennes en *ao dai* blanc qui empruntent le bac. Peu après l'aube, je vais boire mon *pho* dans le village de Phong Dien, construit sur pilotis. Je m'allonge au fond d'une pirogue, emmené par une batelière. Indolence fluviale : j'écoute le vent léger qui caresse les palmes des arbres. Et je m'arrête dans un petit chantier naval qui construit des pirogues fines comme des lames de couteau. Je pourrais peut-être leur demander une jonque. Pas pour rentrer en Europe mais pour rejoindre la baie d'Along.

Le soir, nous dormons à Cantho. « Vous savez, me dit le directeur de l'hôtel, autour d'un verre, il y a quelques mois Pierre Schoendoerffer était assis à votre place. »

Au Vietnam, je suis sur ses traces. Il devient un double, un compagnon secret comme dans une nouvelle de Conrad.

Un bateau à Massawa

Le lieutenant Guillaume a inspiré à Schoendoerffer le personnage de Willsdorf. Il est mort pendant l'hiver 2002. Pourquoi ne suis-je pas allé à son enterrement ? Depuis quand les personnages de roman meurent-ils ?

Quelques semaines plus tard, le soir du Nouvel An, je vole vers la corne de l'Afrique. Je voyage avec Michaël Pitiot, un aventurier au nez aquilin, aux cheveux corbeau. Rien ne l'étonne. Il a vécu six ans au Vietnam. Il y a construit une jonque de ses propres mains. Il est rentré en Europe en déjouant, kalachnikov à la main, les pirates. Il a enrôlé le lieutenant Guillaume, le modèle de Willsdorff.

— Quel homme était-ce ?

— Un bon buveur. Quand il a appris qu'il était malade, il n'a pas voulu se soigner. Il avait une femme jeune, qui s'occupait de lui, et un très jeune fils.

Lors d'une escale en Asie de sa jonque *Saomai*, Michaël Pitiot a rencontré Arnaud de la Grange, ancien officier de marine et journaliste qui avait un rêve : embarquer à bord d'un voilier des écrivains, des dessinateurs, des photographes qui parleraient des ports africains. Ils m'ont proposé l'aventure Portes d'Afrique.

— Sur quel port aimerais-tu écrire ? m'avait demandé Arnaud.

— Djibouti, avais-je répondu sans hésitation.

J'ai rêvé de Djibouti, port au-delà de Suez, où les paquebots des Messageries maritimes faisaient escale avant de se lancer à l'attaque de la mer de Chine et de l'Asie. Autrefois célèbre pour ses bouges et son Café du Palmier en zinc, j'avais mis Djibouti de côté dans mes destinations. Un peu comme Valparaiso. Il me fallait garder des noms, des sonorités, des tentations.

Sur la route de l'aéroport Michaël prend un air un peu embarrassé :

— Le bateau a des problèmes de mât.

— Ah ?

— Une déchirure. On attend l'avis de l'ingénieur. Tu comprends, c'est un mât en carbone, sous pression. Très fragile !

Le bateau est en escale à Massawa, en Érythrée, où nous devons embarquer avant de rallier Djibouti. Cette fois, je n'ai pas emporté mon

Crabe-tambour. Mais *Fortune carrée*. L'exemplaire que j'avais à douze ans lorsque je découvris Kessel : collection « Pocket », un cavalier charge sur la couverture rouge. Dans ma mémoire, *Fortune carrée* est le plus beau roman d'aventures.

La compagnie aérienne a un nom bizarre : Daloo. Le pilote est anglais, comme dans *Coke en stock*. À bord, les hôtesses rondes et rousses ne servent pas d'alcool. Par bonheur, j'ai emporté une bouteille de vieux rhum et deux magnums de vin pour fêter avec l'équipage du bateau le Nouvel An. Je débouche la bouteille de rhum sous prétexte qu'un alcool fort m'est indispensable pour m'endormir à bord d'un avion. Même le capitaine Haddock n'a pas songé à cet argument de tonnerre de Brest.

J'aime les arrivées à l'aube dans un aéroport écrasé de soleil. On a le visage brouillé, l'haleine pâteuse. Les autochtones vous regardent en se moquant de vous : vous êtes comme ivre, les vêtements froissés, le visage pas rasé, le corps imprégné de cette odeur de plastique sous vide inhérente aux avions. État d'hébétude, de suspension.

L'aéroport de Djibouti est un camp retranché. On y respire à l'extérieur un climat d'avant guerre. Des Mirage sont stationnés dans des hangars.

D'une des pistes s'est envolé un drone qui frappa au Yémen l'un des lieutenants de Ben Laden.

Mais dans l'aérogare c'est une autre atmosphère. Au bar du premier étage, les compagnies aériennes délivrent les tickets de transit et de correspondance derrière une table et sous un parasol.

Il commence à faire chaud. J'ai laissé Cécile, Martin, Jules dans l'hiver normand. Avant un voyage, je trouve tous les prétextes pour ne pas partir. Une fois à l'autre bout du monde, je suis léger comme la fumée blonde d'une cigarette étrangère. Un zinc soviétique ripoliné nous emmène en une heure de vol en Érythrée.

À l'arrivée, nous sommes toujours à deux mille mètres d'altitude. Il y a des fleurs partout, une douceur dans l'air. Asmara, la capitale, c'est l'Italie des années cinquante. Des vieux coiffés d'un borsalino et de lunettes de mafieux, au costume rayé, des Fiat 500, des Lancia Fulvia. La résidence de l'ambassadeur d'Italie s'appelle villa Roma. Nous sommes dans les montagnes, loin de la mer.

Arnaud est arrivé tôt ce matin de Massawa. Il prend un avion le soir même pour Paris. Nous lui disons adieu puis dévalons les montagnes. Tout le long de la route, des camions tombés au fond de précipices. Aucun garde-fou. « *Drive slow* », est-il écrit sur les parois rocheuses. Des poids lourds émergent de la brume. Des enfants en uniforme bleu et vert sortent des écoles et regagnent à pied leur maison située à plusieurs heures de marche. Il faut arriver avant la nuit sinon la mort nous guettera à chaque virage.

Massawa, les lumières des arcades ottomanes en front de mer. Nous retrouvons l'équipage à bord du voilier amarré entre deux cargos. Sénégalaise, Ken, l'écrivain de l'étape, habite un palais, au Bénin, près de Poto-Novo. De son vrai nom Mariétou Mbaye, elle a choisi le pseudonyme Ken Bugul, qui signifie en wolof : « personne n'en veut ». Elle a des allures de princesse, une joie de vivre forcenée. Nous tombons dans les bras l'un de l'autre.

Jean-Michel est le skippeur. Thomas, le photographe. Benjamin, le dessinateur. Julie, la journaliste. Alban, l'intendant. John, le mécanicien. Amaury, l'équipier. Vladimir, le journaliste radio. Nous sommes près d'une dizaine, à bord d'un voilier de vingt-cinq mètres conçu pour la course en solitaire. Nous ressemblons à des stagiaires des îles de Glénan.

Avant le départ de Toulon, il a fallu procéder à des aménagements. Nous disposons d'une bibliothèque qui nous permettrait de tenir plusieurs tours du monde mais d'une minuscule couchette. La mienne se trouve à l'arrière près du compartiment machine. Odeurs de fioul et chaleur africaine, ça promet !

Nous dînons à bord, sur le pont. Nous rigolons bien, passant du rhum de Massawa à celui de La Havane que j'ai apporté, du vin italien aux deux magnums de saint-émilion. Nous oublions les problèmes de mât.

Cette avarie, une aubaine pour moi ! Nous aurions dû appareiller de Massawa le lendemain. Je n'aurais pas eu le temps de découvrir la ville. Aucun texte à écrire pour le moment. Les devoirs m'attendent à Djibouti.

Massawa à l'aube. Du bateau, je vois le dôme ocre de la Banco di Roma, qui domine le quai éventré et celui, argenté, du palais du gouverneur, pulvérisé par l'aviation éthiopienne. Un Zodiac approche. À son bord, un Français, déjà une vieille connaissance de notre équipage. Breton, Alain a longtemps vécu en Nouvelle-Calédonie. Il fait le tour du monde avec sa femme à bord d'une goélette. Il nous emmène sur son bateau, au mouillage un peu plus loin.

— Tiens, me dit Thomas, là-bas, le bateau blanc, c'est celui du *captain* Jurgen. Il est bloqué par les autorités. Une affaire de trafic de drogue.

Le voilier d'Alain et de Nadia est confortable. Salon moelleux, chambre d'amiral, téléviseur, magnétoscope. Et aucun problème de mât. Alain et Nadia se sont connus à Nouméa. L'un et l'autre sortaient d'un divorce. Ils ont décidé de finir leur vie ensemble. Et de s'offrir un sacré voyage de noces. Un tour du monde de cinq années « avant de jeter la pioche », selon le mot d'Alain, devant l'Aber-Wrach. Nous parlons de Madagascar et des Tuamotu, qu'ils ont adorés, de Djibouti, qui leur a laissé un piètre souvenir (aïe !). Alain a une expression qui m'amuse beaucoup pour « faire la fête » : « claquer une kermesse ». Sur la corne de l'Afrique, nous allons aussi claquer quelques kermesses.

Le seul monument historique de Massawa est le moucharabieh de l'ancien consulat de France où Rimbaud a été interrogé par le vice-consul, Alexandre Merciniez :

« Un s(ieur) Riaimbeaux (*sic*) se disant négociant à Harar et à Aden, est arrivé hier à Massaouah à bord du courrier hebdomadaire d'Aden.

Ce Français, qui est grand, sec, yeux gris, moustaches, presque blondes, mais petites, m'a été amené par les carabiniers. M. Raimbeaux n'a pas de passeport et n'a pu me prouver son identité. Les pièces qu'il m'a exhibées sont des procurations passées devant vous avec un S(ieur) Labatut, dont l'intéressé aurait été son fondé de pouvoir. Je vous serai (*sic*) obligé, Monsieur le Consul, de vouloir bien me renseigner sur cet individu dont les allures sont quelque peu louches. »

Alexandre Merciniez venait d'écrire à son homologue d'Aden l'une des plus hilarantes lettres du Quai d'Orsay. Le mot « exhiber » me plaît. Verlaine aurait été enchanté. L'allure « louche » n'est pas mal non plus.

Les rues de Massawa n'ont pas changé depuis son passage. Aucune incursion de la modernité. Indifférentes aux mésaventures d'Arthur, des femmes voilées passent encore aujourd'hui devant le moucharabieh, refuge des pigeons blancs. Je m'abandonne aux méandres de cette cité turque, arabe, italienne, ville rêvée pour Corto Maltese. Les rues de poussière sont recouvertes de milliers de capsules multicolores pareilles à des éclats de céramique. Je ne suis plus affligé de ce mouvement qui me taraude en voyage. Et dans ce pays ruiné, affamé par la guerre contre l'Éthiopie, je ressens une étonnante douceur de vivre. Je n'imaginais pas depuis Freetown qu'il existât encore des villes comme Massawa. Le port avec un beau cargo blanc, style bananier polyvalent, est représenté sur les billets de cinquante nakfas, à côté d'un dromadaire. Un bateau, un chameau. Avec cela, j'irai au bout du monde. À Massawa, pas de distributeur pour cartes de crédit, ni de téléphone portable. Et aucun touriste ! Je suis sûr que Rimbaud est venu dans la corne de l'Afrique pour échapper à la naissance du tourisme. Chez tout écrivain, un désir masochiste d'expiation, d'oubli de soi !

Nous marchons avec Thomas, le photographe, sur la place principale recouverte de sable. Des fenêtres des maisons, des femmes me hèlent en tigrina, langue où j'ai de nombreuses lacunes. Ce que je prends au début pour un racolage insolite est une façon honnête de partager le meilleur café du monde.

— Viens, suis-moi ! me dit Thomas.

Une petite rue latérale semblable aux autres. À peine approchons-nous d'une maison que je vois se révéler dans la pénombre une jeune fille coiffée d'un turban rouge. D'une beauté à couper le souffle. Trop maigre sans doute, la poitrine plate, mais d'une grâce souriante. Salem habite une pièce en rez-de-chaussée qu'elle partage avec son fils de deux ans, qui dort, et un vieux monsieur, mélange d'Ibrahim Ferrer et de Compay Secundo, accroché à sa vieille machine à coudre près de la fenêtre. Salem prétend que c'est son père, tailleur de son état. Je n'en suis pas convaincu.

Salem insiste : elle veut que je m'asseye dans le seul fauteuil de la maison. Elle va acheter un cornet de café, revient aussitôt. Au-dessus du grand lit une image du Christ, une croix. Érythrée, pays orthodoxe.

Salem verse son cornet de café sur une petite natte rouge, trie les grains, les pile dans un petit pot en terre cuite avant d'y verser l'eau bouillante. Voilà ce que le voyage m'aura donné de plus beau, ces moments presque religieux de partage, un café à Massawa, un thé dans la baie d'Along. La préparation dure près de trois quarts d'heure. Son mari fait son service militaire dans le Nord. Elle ne l'a pas revu depuis dix-huit mois. À ma place, Corto Maltese l'aurait emportée sur son bateau. Mais le mât brisé de notre voilier empêche toute velléité d'appareillage. En Afrique, les bateaux s'enlisent, les corps dansent.

Nous quittons Salem en lui promettant de revenir. Je pars à la recherche du *captain* Jurgen, la légende de Massawa. C'est son bateau que j'ai aperçu ce matin. Ombre fugitive, il commence à apparaître, dit-on, au crépuscule. Je me rends au bar du Massawa Hotel, dont la façade couleur menthe à l'eau me séduit immédiatement. Je discute avec Emilia, la patronne. Elle a travaillé une douzaine d'années à Djibouti dans un restaurant avant de reprendre cet hôtel familial. Emilia parle le français. Dans son regard, une tristesse retenue que parvient à effacer son sourire. Est-ce le souvenir de sa beauté qui la rend ainsi mélancolique ou l'absence de son mari ? Est-il mort ? Enrôlé par l'armée érythréenne contre l'Éthiopie ? Je n'ose lui demander.

Accoudé au comptoir, je bois un zibeth, un alcool anisé. Je me vois dans la glace au-dessus du comptoir. Derrière moi, deux clients attablés, sans doute des agents de renseignements. Épinglé au mur, le bandeau portant, imprimé, le nom du bateau *Lieutenant-de-vaisseau-Lavallée* qui a fait escale à Massawa. Emilia est douce, forte. Une reine à sa manière. Elle sait tout, respire tout. En ville, les habitants sont au courant de l'arrivée du bateau de Portes d'Afrique.

— Tu n'as pas vu le *captain* ? lui dis-je une fois sa méfiance dissipée.

— Il est passé ce matin. Il reviendra ce soir, maintenant.

Le *captain* Jurgen est le Hollandais navigant de Massawa. On le sait batave, commandant d'un bateau blanc. Il surgit à la tombée du jour, en uniforme. On ne sait pas exactement où il vit. Il emprunte des chemins connus de lui seul.

En attendant, je me promène sur le port. J'aime les arcades qui abritent le Gold Navy Bar et la Red Sea Corporetion (*sic*), qui ne se livrent plus, faute de bateaux, à aucun trafic maritime. Devant cette perspective ottomane s'envolent des pigeons blancs qui finissent par former une voile triangulaire poussant Massawa, *tramp steamer* à la beauté ensorcelante.

Spectacle assez divertissant sur le front de mer : la voiture-école Yohana, une Fiat 500, le fameux « pot à yaourt », fait la navette entre le pont et l'île, capot du moteur ouvert, pour éviter tout échauffement. Même le moniteur a l'air de rire de cette répétition. Le champ d'expérience assez limité de l'apprenti conducteur ne le prépare pas vraiment à la route suicidaire Massawa-Asmara.

Le long du port, la ligne de chemin de fer rappelle la voie ferrée qui longe la lagune de Venise. Palais défraîchis, fantômes vénéneux, aqua alta qui submerge ici des bateaux rouillés et l'excellent café qu'on boit debout dès le matin dans la rue principale, Massawa est la Cité des Doges africaine. Les locomotives à vapeur qui vont bientôt desservir Massawa et Asmara sont des Ernesto Breda construites à Milan en 1927 et des An Saldo, plus jeunes, sorties des ateliers de Gênes en 1939.

Le crépuscule me rappelle mon rendez-vous avec le *captain* Jurgen. Un voile bleu enveloppe la ville et en même temps approfondit ses perspectives, allonge ses lignes. Massawa est si tendre.

Je reprends la rue principale, au bout de laquelle se regroupent les taxis collectifs. C'est là aussi où j'achète mes cigarettes, des Ideal : palmier sur paquet jaune canari.

Il est là, sous les arcades du Massawa Hotel. En uniforme blanc (bermuda, chemise) de la marine hollandaise. Attablé, seul, devant un Fanta, perdu dans ses rêveries.

— Désolé de vous déranger, commandant. Je suis à bord du voilier qui vient d'arriver à Massawa. Est-ce que je peux vous offrir un verre ?

Il se lève pour me serrer la main. Il est immense, plus d'un mètre quatre-vingt-dix. Il porte des sandales à scratch et sa coupe de cheveux qui lui tombent dans le cou rappelle celle des *backpackers* du monde entier. Son front est dégarni.

— Enchanté ! me dit-il d'un ton chaleureux. Asseyez-vous.

Je remarque immédiatement sa plaque militaire et, sur sa chemise immaculée ouverte jusqu'au nombril, l'insigne des paras.

— Quelle histoire ! lui dis-je. Il paraît que vous êtes là depuis plus d'un an.

— *Eighteen months*, dit-il en décomposant chaque syllabe pour mieux souligner la durée de son purgatoire.

Mais il éclate immédiatement d'un rire en cascade. Ses bras et ses doigts sont dévorés de tatouages.

— J'ai vu votre bateau ce matin, il est magnifique.

— Il tient remarquablement la mer, il est insubmersible. Construit en 1942.

— En 1942 ?

— Absolument. Il a servi de bateau de croisière en Angleterre, et de bateau-hôtel en Hollande.

— Serait-il possible de le visiter ?

— Peut-être mais il faut demander l'autorisation au capitaine de port.

Le *captain* Jurgen me raconte alors son épopée. Il a caboté le long des côtes de l'Afrique au gré des guerres du Rwanda ou de la Sierra Leone. Il s'est livré au transport d'armes, de mercenaires ou de volontaires de l'humanitaire. Arraisonné par la marine érythréenne, qui le soupçonnait de trafic de drogue, il a été condamné à payer soixante-dix mille dollars de frais de remorquage et de taxes portuaires.

— L'armateur hollandais refuse de payer l'amende. C'est un médecin. Disparu de la circulation. Il ne répond plus aux fax.

Jurgen se prétend victime d'un complot ourdi par son chef mécanicien. L'histoire est nébuleuse. Son passeport a été confisqué.

— Et votre ambassade ?

— Elle m'aide. Je vais m'en sortir.

Il n'a pas l'air désespéré. C'est un ancien légionnaire. On le croit quand on voit son insigne du 2e REP et ses biceps. Il tangue entre tragédie et comédie. Les mots «*fuck*», «*shit*», «*bloody bastard*» ponctuent ses phrases.

— Et qu'est-ce qu'on peut faire pour vous, *captain* ?

Il se penche en avant, gratte ses jambes rougies par les piqûres de moustiques.

— Rien, merci, dit-il.

Le *captain* Jurgen a l'air de se satisfaire de cette vie de bar en bar qu'il rafraîchit à coups de Fanta orange et de limonade.

Il a une femme, un compte en banque et des enfants au Nigeria.

— Et vous ne songez pas à fuir sur un voilier ? Tiens, on pourrait vous emmener à Djibouti.

— À quoi bon ? Ils ont mon passeport. Et j'ai trouvé une solution. Le propriétaire du Dahlack Hotel a accepté d'acheter le bateau. Il veut s'en servir pour emmener ses clients dans les îles. Ça devrait me permettre de toucher trente-cinq mille dollars et je pense que contre ça les autorités me laisseront partir.

Un gamin approche et lui donne une vignette autocollante. Le *captain* Jurgen collectionne les vignettes de coureurs cyclistes — le sport national en Érythrée — qui lui permettront peut-être de gagner un superbe et inutile vélo offert au gagnant d'un concours organisé par le quotidien national. Peu après c'est une jeune fille, que l'on peut raisonnablement identifier comme prostituée, qui vient s'asseoir.

— *Captain, captain*, tu m'offres une glace ?

Elle est belle, comme toutes les Érythréennes.

— Je suis peut-être enceinte, me dit-elle. *Captain's baby*. On imagine que le *captain* Jurgen ne s'embarrasse pas de scrupules. Et qu'un détournement de mineure dans sa situation ne lui fait pas peur. La fille finit par s'éclipser après que j'ai fait signe à Emilia de lui offrir à boire. Il y a dans tous les ports africains un *captain* Jurgen. Celui de Massawa a quelque chose de terrifiant. On le devine raciste, gangster et tueur, mais il se montre d'une courtoisie parfaite avec Emilia.

— Une très chic femme, dit-il.

Chaque matin, elle lui lave son unique uniforme. Jurgen reste alors dans un coin du bar du Massawa Hotel en paréo à fleurs, pareil à un mutin de *La Bounty*, naufragé sur les côtes orientales de l'Afrique. Je me demande s'ils ont été amants. Elle le regarde comme une vieille maîtresse protégeant un blessé.

Il pourrait figurer dans un album de Corto Maltese. Il a un faux air de Luckner, ce comte allemand mort en 1966, corsaire dans le Pacifique à bord de son clipper le *Seadler* et qui fascinait tant

Hugo Pratt. D'ailleurs, à la nuit tombée, dans son uniforme de lumière, le *captain* Jurgen semble se métamorphoser en légende ultramarine. Les habitants viennent caresser ses galons comme un porte-bonheur ou une amulette. C'est un sorcier des mers. Et d'un coup, il disparaît dans une ruelle, englouti par les ténèbres.

Que faire le soir à Massawa après avoir quitté le *captain* Jurgen ? Aller dans ces petits bars, le Bar du Port, le Bar Asmara, le Bar Zkhar, le Bar Sige, qui s'alignent dans les rues perpendiculaires aux quais et qui ressemblent à des salons de coiffure proprets, avec leur rideau en perles de plastique, leur comptoir au fond de la pièce. Ces bars sont les chambres d'écho de la défunte activité portuaire de Massawa au temps de sa splendeur. Mais y eut-il jamais un apogée maritime ? À l'époque du pays du pount peut-être, quand Massawa était une escale arabe sur la route des épices.

Ces bars sont comme des tentes d'un même campement. J'y rejoins parfois un équipier du bateau. Nous partageons cette rêverie quelques instants, comme deux opiomanes allongés d'un côté et de l'autre d'une table.

Voici Benjamin Flao, notre dessinateur. Nous buvons un zibib, l'alcool anisé local. Il me montre son carnet de voyage sur la Grèce.

— Tu devrais aller à Folegandros, me dit-il.

— Oui, c'est une bonne idée. Passer l'arrière-saison au-dessus du port.

Après dîner, il nous arrive aussi de nous arrêter au Topolino, une boîte de nuit sur une terrasse qui nous permet surtout d'avoir une vue dominante sur le port. Là aussi nous profitons de la douceur, du vent.

Nous fêtons les Rois à bord du bateau. Je choisis Ken pour reine, qui s'enveloppe dans son grand voile blanc acheté dans une maison de Massawa. Un autre soir, nous « claquons une kermesse » et recevons à bord tous les Français en escale à Massawa. Le rhum forme une carène liquide à l'intérieur du bateau.

En trois ans, cent soixante bateaux ont fait escale à Massawa. Environ un bateau par semaine. J'ai découvert ce chiffre dans le livre de la capitainerie où sont répertoriés tous les mouvements de navires. Il nous a été apporté par le capitaine du port pour que notre skippeur y appose sa signature. Rien ne me réjouit plus que ce genre d'indications sur le trafic maritime. Cette lenteur dans les rotations explique la torpeur insulaire de Massawa.

À force, j'ai fini par oublier le mât. La déchirure s'accentue chaque jour un peu plus. Des produits doivent être envoyés de France. Mais aucune compagnie aérienne ne veut les prendre en charge : ils sont explosifs. Sans cet incident, qui risque de compromettre l'opération Portes d'Afrique, j'aurais manqué ce pays où je me promets de me réfugier quand j'en aurai assez du XXIe siècle. Si je perds tout, je me ferai shipchandler à Massawa.

Avant l'exil, je reviens une dernière fois en France. Comme un peintre-voyageur retour de la mer Rouge, j'accroche ma toile au musée de la Marine.

Tintin au musée de la Marine

— On a été sauvés par Tintin, me dit l'amiral. « Mille sabords », c'était le nom de l'exposition.

Le contre-amiral Prud'homme commande le musée de la Marine. On accède à son bureau par un escalier métallique qui mène à une coursive.

— Vous commandez un paquebot, lui ai-je dit une fois. Le palais de Chaillot, c'est le *Normandie*.

Je voulais souligner la ligne art déco de ce palais qui abrite le musée de la Marine.

— Je dirais un porte-avions, a-t-il rectifié.

Et pourtant le contre-amiral Georges Prud'homme est un sous-marinier. Longtemps son ennemi fut l'Union soviétique. Il s'y connaît en dissuasion, l'amiral. Mais veille aussi en lui l'artiste. Il excelle dans l'aquarelle. Habile, respectueux du politique, loquace, il se montre d'emblée sympathique.

Presque une vieille connaissance, l'amiral ! Nous nous sommes rencontrés pour la première fois à Concarneau, au Salon du livre maritime. Gwen Ael Bolloré apparaissait avec une casquette en forme de gueule de crocodile. Il y avait des expositions sur Sandy Hook ou Jules Verne. Des Canadiens de Rimouski, le parc avec lequel était jumelé le festival, apportaient leur bonne humeur. Le soir, les festivaliers appareillaient pour les îles de Glénan. Là, on dînait de langoustines et de fars bretons. On chantait *Les long-courriers* et *Jean-François de Nantes*. On rentrait à la nuit tombée, complètement bourrés.

Une fois, nous avons jeté des fleurs à la mer en hommage à Éric Tabarly : il avait disparu quelques jours plus tôt. La seule fois où je l'ai croisé, c'était au musée de la Marine, un samedi après-midi d'automne. Il portait un blazer et une cravate. On le sentait à l'étroit dans ce costume qui n'était pas en toile de voile.

Tabarly est le grand homme du musée de la Marine. Dans le bureau de Sylvie David-Riverieux, la chargée de la communication, il n'y a pas moins de trois photos de lui. Dans le bureau de l'amiral trône une maquette de *Pen Duick VI*. Et c'est grâce au grand Éric, à sa tête gaullienne de Breton que le musée de la Marine n'a pas quitté Chaillot.

La grande guerre de l'amiral ! À peine nommé,

il a dû s'occuper d'un éventuel déménagement du musée, qui a failli s'exiler près de la bibliothèque François-Mitterrand. Jamais l'opinion ne s'est intéressée autant alors à ce musée. Une vraie bataille d'Hernani sur les flots. Surtout qu'à la même époque la foudre s'est abattue sur le palais de Chaillot. Pour la première fois, les bateaux y avaient les pieds dans l'eau. Un peu plus et le musée faisait naufrage.

Il y eut des mots historiques : « Messieurs, le temps a changé de camp ! » Phrase prononcée par le deuxième grand homme du musée de la Marine, Jean-François Deniau. Toujours vaillant à bord de son voilier en solitaire, à Tadjourah, à Djibouti, parmi les légionnaires, aux vernissages en présence du chef d'état-major de la marine.

Enfin le troisième mousquetaire du musée est Erik Orsenna. La marine aime les académiciens, les épées, les corps constitués. Orsenna a présidé la corderie royale de Rochefort. Il a habité l'île de Bréhat. Sa maison, sur la Butte-aux-Cailles, à Paris, évoque un bateau. Nous avons fait partie ensemble de l'aventure Portes d'Afrique. Nous nous sommes croisés à Toulon. Toute la nuit, il avait bu du rosé avec Arnaud de la Grange, parlé du retour du marin comme d'un acte de chevalerie.

Longtemps, j'ai tourné le dos au musée de la

Marine. Il me semblait mal foutu, consacrer trop de place à la marine de guerre. Un après-midi, j'y ai signé pour les orphelins de la marine. Ce n'était pas vraiment tendance.

Et puis voici Tintin et le capitaine Haddock. Le musée avait besoin de couleurs.

La salle de Moulinsart dans *Le secret de la Licorne* ressemble à celle du musée de la Marine. Sous une vitrine le chapeau, le pistolet, le sabre de l'illustre chevalier de Haddock, son portrait encadré, l'ancre et la figure de proue de la *Licorne* et au fond les Dupond et Dupont devant le tableau représentant le vaisseau de l'ancêtre du capitaine.

Au musée, on trouve à peu près les mêmes objets. Des peintures, des armes, des modèles réduits. Un matin, à l'atelier de restauration la *Licorne* est en cale sèche. Du moins la maquette qui servit de modèle à Hergé : le *Brillant*. Un vaisseau de deuxième rang, transfiguré par Hergé. D'où vient la *Licorne* ? C'est l'une des questions les plus discutées par les tintinophiles. On n'imagine pas le nombre de publications consacrées au sujet. Les albums d'Hergé suscitent des sédiments de commentaires.

Il a utilisé les planches répertoriées par l'amiral Paris dans ses souvenirs. Il a recouru aux services d'un collectionneur et modéliste belge, Gérard Liger-Belair. La *Licorne* était-elle un navire de deuxième ou de troisième rang ? Pourquoi ce nom ? Les erreurs historiques d'Hergé sont discutées : la *Licorne* compte trop de sabords latéraux, il n'y a pas assez de haubans sur les grands mâts mais trop de fanaux à l'arrière. Le pavillon des bateaux de Louis XIV était blanc et non bleu.

J'apprécie ces vaines querelles de spécialistes. Elles prennent un tour cocasse quand elles concernent une bande dessinée. Rares sont les albums de Tintin où il n'y a pas un bateau ou un port. Né à la fin des années vingt, Tintin, dans le sillage de Paul Morand et d'Albert Londres, est un abonné des lignes maritimes. Dans son livre *Tintin, Haddock et les bateaux*, Yves Horeau a dénombré plus de soixante ports et une dizaine d'imaginaires. Je les aime tous, ces bateaux, cargos, paquebots, vedettes rapides. Ils ont l'élégance des constructions nautiques des années trente ou quarante.

Je me souviens que, lors de nos aller et retour entre la Normandie et les Antilles, j'emportais toujours avec moi un ou deux albums de Tintin. Chacun est lié à un épisode précis de ma vie. Longtemps nous avons eu la pirogue en bois de *L'oreille cassée* au fond de notre jardin en Normandie. Mon père l'avait rapportée non pas du fleuve Badurayal mais de Guyane.

Il n'y a pas longtemps, à Stavanger, en Norvège, devant le *Rogaland*, un express côtier, je me suis demandé à quel navire d'Hergé il me faisait penser. Était-ce le *Sirius* du *Trésor de Rackham le Rouge*? Non, sa forme était celle de l'*Aurore* de *L'étoile mystérieuse*, avec la couleur de la coque du *Sirius* que l'on retrouve aussi dans *L'étoile mystérieuse*, commandé cette fois par le capitaine Chester, vieil ami de Haddock.

L'aventure passe par la mer. C'est le message de Tintin. Les plus beaux bateaux sont ceux de notre enfance. Ils sont sortis des albums d'Hergé. Et aux joies de la marine il préférait les voitures de sport. Il embarqua cependant avec son collaborateur Bob de Moor sur le cargo *Reine-Astrid*, dont il s'est inspiré pour le *Ramona* du *Coke en stock*, mon album préféré avec *Le crabe aux pinces d'or* et *Le Lotus bleu* : il croise dans la mer Rouge au milieu des Sambouks. Et Tintin y fait la connaissance d'un trafiquant d'armes inspiré de Monfreid.

Un jour d'été, je pars sur les traces de Tintin et de *L'île Noire*. Un journal m'envoie en Écosse. Hergé n'y a jamais mis les pieds. Mais son imagination est plus forte que la réalité. Je loue à l'aéroport d'Édimbourg une voiture et prends la route des Highlands. L'île Noire n'est pas une île mais une péninsule. Black Isle s'étend sur une trentaine de kilomètres à côté du Loch Ness, entre les embouchures de la Moray et de la Cromarty. Je m'interroge sur l'origine du nom. Elle reste mystérieuse, prisonnière des brumes. Certains auteurs avancent que la neige ne recouvre pas Black Isle pendant l'hiver : à cette saison, les sapins géants forment un manteau noir. Dans la région, on dit aussi que saint Duthus, né à Tain, aborda ce morceau de terre — *dou* en gaélique signifiant « noir ».

Le bas des Highlands pourrait rappeler la Bretagne avec des maisons aux toits d'ardoises, des clochers comme il y en a dans le Léon ou le Trégor, des ports de carte postale et la mer qui embrasse l'horizon.

Dans le petit village de Tore, je m'arrête devant une auberge qui a pour nom Kilcoy Arms : « Nous approchons : on sent déjà le vent du large, l'auberge s'appelle The Kiltoch Arms. »

Bien sûr, dans ce genre de reportage, on force la coïncidence. L'idée est de retrouver le décor de l'île Noire. « *Sur les traces de* » est un marronnier journalistique mais ces pèlerinages littéraires ne sont pas déplaisants. Ils me permettent de mener une existence de flâneur salarié. Cette fin du XXe siècle aura été pour moi synonyme de frénésie de voyages. Je les dois à des amis, rédacteurs en chef de journaux : « Tu veux partir ? Où veux-tu aller ? » Ce luxe, je m'en suis régalé. J'ai pour principe de ne jamais refuser une proposition de voyage. Ce temps béni sera un jour révolu.

Aujourd'hui, les reportages s'écrivent dans les bureaux paysagers des salles de rédaction.

Pour le moment, j'erre de pub en pub. Leur décoration relève des affaires maritimes : maquettes de bateaux, vieilles photos de ports, comptoirs, bancs et tables de bois ciré, jeu de fléchettes, parfois un billard et toujours l'éternelle tirelire au bénéfice de la Royal Lifeboat Institution. Je me laisse embarquer, prends le large. Les pintes cognent les unes contre les autres : on n'est jamais seul la nuit en Écosse.

Dans le petit port d'Avoch, sur l'île Noire, il n'y a pas de bateaux baptisés *Summer Rose* comme dans Tintin mais un voilier, *Pandora,* et une barque, *Lady Angeline.* Tous les marins sont amoureux d'une femme comme Pandora. Nous sommes au début de l'été 96. Je termine une histoire d'amour. Tintin a de la chance de ne pas avoir de vie sentimentale. Ma Pandora me rejoindra en Écosse. En sa présence, j'essaie de boire moins de Talisker et d'Oban.

Mais je suis encore seul quand je découvre, à l'extrémité de l'île, un phare blanc et jaune. Dans Tintin, il est blanc et rouge. Le phare de Cromarty a été construit par Alan Stevenson, ingénieur de Sa Très Gracieuse Majesté et père de Robert Louis. Voilà un écrivain qui étouffe en Écosse, de son emphysème. Il prend la mer, lui.

Il ne se la joue pas écrivain du littoral : « Depuis près de dix ans, ma santé allait déclinant ; et vers l'époque où j'entrepris mon voyage, je me croyais arrivé à l'épilogue de ma vie, sans plus rien à attendre que la garde-malade et le croque-mort. On me suggéra de tenter les mers du Sud... J'affrétai donc le yacht-goélette du Dr. Merritt, le *Casco*... »

Quand on pense qu'Hergé a été profondément marqué par *L'île au trésor*. Sans cette lecture d'enfance, Tintin n'aurait jamais vu le jour.

Mon meilleur souvenir en Écosse, c'est ma nuit sur l'île de Skye. Une île tropicale : dès la tombée du soir qui, l'été, survient aux alentours de 17 heures, une nuée de moustiques appelés *midges* s'abat sur vous. L'auberge a pour nom Ullinish Lodge Hotel. Elle est au bord d'un loch. C'est une magnifique maison blanche du XVIIe siècle, posée dans un décor de bout du monde. En Écosse, je peux boire du whisky pour raisons professionnelles. Ce soir, après un saumon de pleine mer, je goûte un malt dix ans d'âge au parfum d'algues et de fumée. Milou, lui, se soûle bien au Loch Lomond. On dit des Écossaises qu'elles sont « *speaky outside* » et « *smooth inside* », « piquantes à l'extérieur » et « douces à l'intérieur ».

Hergé n'est jamais allé en Angleterre. Au moment de la traduction en anglais de *L'île Noire*, l'éditeur britannique ne releva pas moins de cent trente et une incohérences. Hergé dépêcha alors Bob de Moor qui, appareil photo View Master en bandoulière, sillonna l'Écosse en quatrième vitesse.

Ce voyage, je le dois à Arnould de Liedekerke. Lui est à Shanghai, en plein *Lotus bleu*. Il m'écrit comme à chacun de ses voyages. Une carte postale représentant de grands voiliers au début du siècle. Il me parle du long cours, de Henry Jean-Marie Levet. Notre amitié aura duré quinze ans, jusqu'à sa mort.

Lorsque je vais au musée de la Marine, je pense à lui. Il habitait un appartement à quelques encablures. J'allais le voir le soir. L'ascenseur avait été construit par la société Drieux. Ça me faisait rire. Arnould aussi. « Ascenseur pour l'échafaud », disions-nous. Il servait du gin dans des gobelets en argent. « Comment vont les moussaillons ? » me demandait-il au sujet de mes fils. On allait dîner au Stella, qui faisait penser à un décor de paquebot des années cinquante. Arnould évoquait Alvaro Mutis, la mélancolie européenne, Bonnie Prince Charlie, sur lequel il devait écrire une biographie, Saint-Malo, le Cotentin. Nous revenions après dîner chez lui, écouter des fados d'Amalia, Bruce Springsteen et des groupes de rock irlandais. Il n'y a qu'avec lui que j'ai vraiment parlé de

Lisbonne. Nous prenions la mer. Et jamais je n'ai rencontré quelqu'un qui comprît aussi bien le naufrage qu'Arnould. C'était le terre-neuvas des âmes en perdition. Arnould était aussi à l'aise avec les têtes couronnées de l'amirauté qu'avec les pirates des bars de la saudade.

Quand je suis parti pour Djibouti, je lui ai dit adieu. Il était dans une demi-conscience. « Arnould, je vais à Djibouti. Tu seras avec moi. » Je lui ai pris la main. Et il m'a dit oui. Nous avons appareillé ensemble pour la mer Rouge.

Je ne passerai plus par la rue de la Faisanderie. À l'un de nos derniers déjeuners, je suis allé chercher Arnould en taxi. Il sortait d'une opération. Il m'attendait au pied de son immeuble. J'ai eu un choc : avec sa canne, son chapeau, il avait l'allure de Lafcadio Hearn. Nous avons déjeuné chez Géraud. Je n'irai plus chez Géraud. Ce sera plus difficile de ne pas retourner chez Georges, rue du Mail. Saint-Malo, Lisbonne, Guétary (*too late*), où nous passions la frontière à bord d'une bétaillère, Madrid, où dès 10 heures du matin tu me faisais porter une bouteille de vodka. Et la Belgique, Arnould ! Anvers, Amsterdam. Tu es enterré dans ta chapelle du château familial de Vey, tourné vers l'orient. L'orient des voyageurs, l'orient de Chateaubriand. Est-ce que je pourrai boire un verre de blanc sans penser à toi, écouter Amalia sans pleurer ? Je garde tes cartes postales, ton disque des *chansons de mer*. L'équipage a perdu un homme [1]. Sans toi, le bateau ne peut plus être ivre.

1. Ce fut une année de tempêtes. L'écrivain Frédéric Berthet dit « Daimler » se perdit aussi en mer. C'était un passager de la French Line.

La casquette de Loti

— Cette casquette de lieutenant de vaisseau, je crois que c'est celle de Loti, a dit Sylvie David, du musée de la Marine.

Nous nous trouvons dans l'atelier de restauration. Une boucle d'oreille fait de Jean-Michel Letenoux, le maître des lieux, le Corto Maltese du musée.

— Elle vient de Rochefort, précise Jean-Michel Letenoux.

Tous les objets et maquettes du musée passent entre ses mains. Il rabote, couture, répare, rafraîchit.

Je prends le couvre-chef. Petite tête !

— Il faudra demander à Marjolaine s'il s'agit bien de celle de Loti, reprend Sylvie.

Marjolaine Mourot est la conservatrice en chef. J'ai fait sa connaissance lorsque je préparais un texte de présentation pour l'exposition du peintre Nicolas Vial, hanté par les sujets maritimes. Je revois Marjolaine Mourot le soir du vernissage. Marjolaine est une fille de général. Maigre, vive, elle porte un regard pointu sur toute chose.

— Alors, cette casquette, dis-je, c'est celle de Loti ?

— Pas du tout ! C'est une casquette ordinaire qui a appartenu à un officier de marine inconnu.

— Et la casquette de Loti, où se trouve-t-elle ?

— Ne m'en parlez pas.

— Comment ça ?

— On a perdu sa trace.

— C'est-à-dire ?

— On ne parvient plus à la localiser. On l'a peut-être égarée pendant le déménagement des réserves du musée à Romainville.

Je sens que mes questions agacent Marjolaine.

— La disparition de la casquette de Loti, c'est une enquête à la Sherlock Holmes.

— Je n'aime pas perdre un objet.

Je n'insiste pas. Cette casquette serait un bon fil conducteur pour percer les secrets du musée de la Marine. Un scandale couve.

Un matin, Marjolaine m'emmène visiter les réserves du musée à Romainville. Nous partons à bord de sa Twingo couleur champagne, nous roulons sur le périphérique, fluide, ce qui me donne toujours une impression bizarre d'aliénation. Publicités Casio, Philips, Sony, Manpower.

— Je vous le promets, dis-je à Marjolaine, je ne vous parlerai plus de la casquette de Loti. Mais, après tout, elle est peut-être dans les réserves.

— Vous m'embêtez, dit-elle avec un rire légèrement amer, avec votre Loti.

— C'est tout de même un drôle de mystère.

Les réserves sont situées dans l'ancien fort de Romainville. Une plaque rappelle qu'y furent fusillés le colonel Fabien et, le 20 août 1944, vingt otages civils. Munie de grosses clefs, Marjolaine m'emmène pour une visite tambour battant qui l'ennuie un peu. Tableau de Haiphong signé Gaston Roullet, huiles d'André Hambourg. Dans un hangar un vieux Riva, et des périssoires qui ont appartenu à différents Yacht Clubs de France. Les autres réserves alignent des objets hétéroclites : scaphandriers de 1880, radeau du Kon Tiki en miniature, maquette de bateau en clous de girofle ou en noix de coco, vertèbre de baleine, mais aussi coffre de marine, canapé de la *Belle-Poule*. Et sous les combles, une véritable armurerie : pistolets, fusils Enfield et escopettes du XVIIIe siècle.

Que deviendront tous ces objets échoués ? Certains seront choisis pour une exposition. D'autres n'auront jamais le droit de sortir. Mais, comme des détenus à perpétuité, ils vivront dans une cellule aérée où l'hygrométrie sera surveillée en permanence.

Dans chaque pièce, chaque entrepôt, sur chaque étagère, je regarde s'il n'y a pas une casquette d'officier de marine, celle de Loti. Un moment, l'espoir : je pose la main sur un couvre-chef bleu marine.

— Non, me dit Marjolaine avant toute question. Ce n'est pas celle de Loti.

— Peut-être est-elle à Rochefort alors, dis-je timidement.

Marjolaine ne répond pas à ma remarque. Nous reprenons la route de Paris et du musée de la Marine.

Loti, c'est un peu l'amiral des écrivains maritimes français. On peut se moquer de ses hauts talons, de son dandysme à la *cold cream*. Mais, sans lui, la marine française n'aurait pas été ce navire d'artistes un peu bordélique. Il a croisé ma vie sans que je le veuille vraiment. Sur les rives du Bosphore, du Mékong, à Angkor.

Chez Arnould de Liedekerke, rue de la Faisanderie, c'était l'un des écrivains conviés autour des gobelets de gin. Je viens de retrouver un des articles d'Arnould sur la maison de Loti à Rochefort : « Obsolète, désuet Loti de Rochefort. Loti le Bédouin, le clown acrobate, le Werther du Bosphore ? Peut-être. Le témoin, en tout cas, d'un monde qui allait finir. »

Peu après ma visite aux réserves de Romainville, Cécile et moi débarquons en Charente-Maritime. Les lumières mauve et rose rasent les toits de tuiles cannelées. Un paysage aux allures de plaine maritime. Avant Rochefort et la maison de Loti, escale à La Rochelle.

Le stade municipal de football porte le nom de mon grand-oncle, résistant fusillé en janvier 1944 par les Allemands. Je conserve dans mon bureau la lettre qu'il écrivit la veille de son exécution. Je me souviens du fort de Romainville. Le soir, au moment du cognac, je me dis que ce ne serait pas une mauvaise idée d'habiter La Rochelle. Le nom lumineux mêle rigueur britannique et douceur atlantique. Certes La Rochelle annonce l'île de Ré, le snobisme estival de Saint-Germain-des-Prés. Ne boudons pas notre plaisir. Les tables y sont bonnes et je trouve chez une bouquiniste du coin les chroniques de Gérard Bauer : de quoi tenir un nouveau siège.

La Charente-Maritime, c'est l'anti-Normandie. Et il faut toujours avoir un remède à ces passions qui vous empoisonnent le sang. La lumière sur la pierre blanche a fini par nous éblouir. Simenon est l'écrivain de la ville. Il y a situé *Le voyageur de la Toussaint*, *Le testament Donnadieu*. Dans les vitrines des librairies, des éditions de poche ou de ses œuvres complètes. Il s'y est plu, à La Rochelle, c'était un peu sa seconde patrie : le Café de la Paix, le cinéma Olympia. C'est d'ailleurs un grand écrivain maritime, celui qui résiste le mieux à la tempête du temps. *Long cours*, *Touriste de bananes*, *Le Blanc à lunettes* se passent dans un port, commencent ou finissent à bord d'un bateau.

Je pense à tout cela sur la route de Rochefort. L'étiquette « écrivain maritime » est une usurpation. Vercel consacra sa vie à la mer mais, au plus près de la littérature, Simenon est le meilleur. Les écrivains de la mer m'ont toujours ennuyé avec leurs bottes, leurs cuissardes et leur ciré. Dans cette catégorie, les géants sont Hugo, Chateaubriand, Rimbaud, Baudelaire, Conrad, qui préférait Flaubert à Melville, Hemingway, Morand — et Simenon.

À Rochefort comme à La Rochelle on trouve un Café de la Paix. Sur la grande place un autre s'appelle Le Comptoir des îles. La pharmacie Colbert rend hommage à celui qui fit la fortune de la ville. Avant le XVIIe siècle ce n'était que marais insalubres. On se croirait dans les terres, loin de la mer et pourtant elle est à deux boucles de la Charente, presque étranglée. Il n'y a rien de maritime en apparence. Drôle de ville au cordeau. On les imagine, les thés du mercredi après-midi à la préfecture, le spleen des jeunes femmes d'officiers.

Le vaisseau amiral de Rochefort, la Corderie royale, est plus long que le *France*, le *Queen Mary*, le *Charles-de-Gaulle* : 372 mètres de pierres calcaires et d'ardoises. Il y a un côté Versailles maritime à Rochefort. On comprend que par opposition Loti cultiva l'excentricité. Cette ville devait provoquer une névrose d'ennui. Aucun destin, aucune aventure. Vite, la mer libre. Le grand Sud. Mais sans Rochefort, sans cette tristesse de la province, il n'y aurait pas eu d'écrivain, de métamorphose flamboyante. Oh, bien sûr, la ville de Rochefort défila derrière son cercueil le jour de ses funérailles, le 16 juin 1923. Rochefort qui l'avait humilié quand la municipalité avait accusé sans preuve son père de détournement de fonds. Rochefort que Loti aimait narguer en ouvrant les fenêtres de sa maison pour leur montrer sa richesse et sa réussite. C'est cela, un écrivain : une conscience aiguë de l'ennui, une humiliation de jeunesse et un désir de revanche sur le monde. Sans doute, Loti avait-il un côté nouveau riche. Mais on comprend son sens de la fête : pour conjurer le spleen, repousser les pierres de la ville.

Le dîner Louis XI en costumes, servi le 12 avril 1888 dans la salle gothique de la maison, n'avait rien de maritime. Pendant dix jours, les « préparatifs pantagruéliques » absorbèrent Loti. « L'hiver interminable est revenu, avec le froid sombre. »

On devine que la fête est une façon d'opposer un soleil à la lumière noire de la morte-saison. Loti déguisa même sa maison : la salle Renaissance, la salle gothique, le salon turc, la mosquée. Comme il aménage chacune de ses cabines de bateaux. Il imposait son décor, son paradis à l'enfer des autres. Toutes ses fêtes sont impressionnantes par le nombre d'invités et le soin apporté au décorum. Loti est le châtelain de Rochefort. Il reçoit ses gens. Deux jours avant la fête chinoise, le 9 mai 1903, il note dans son journal : « À la maison, les tapissiers ont travaillé tout le jour à installer la fumerie d'opium, tendue de rouge, avec des portraits d'hétaïres chinoises ; on dirait quelque mauvais lieu de Canton ou de Shang Hai. »

Après ces raouts, il regarde les décombres autour de lui et semble se raccrocher à la lumière printanière pour conjurer le blues : « Au petit jour, à 5 heures du matin, les hirondelles chantant, je fais une ronde seul dans la maison vide. Toutes les salles démeublées, qui hier étaient si bruyantes, paraissent immenses, tristes comme après quelque scène d'orgie ou de pillage. Surtout la fumerie, où traîne l'odeur lourde de l'opium, a l'air de quelque lupanar surpris par l'aube fraîche. »

Suivez le guide ! En ce jour d'arrière-saison, où la France active a déjà fait sa rentrée, Cécile et moi nous retrouvons parmi des retraités. J'imagine

Loti nous regardant à travers son hublot d'outre-tombe, tous réunis dans le salon rouge, où sont alignés les portraits de la famille. Les visiteurs ont un sac à dos. Ils compatissent aux malheurs de Loti. Quand le guide à la carrure de rugbyman mais au commentaire lyrique évoque la mort du frère de Loti dans le golfe du Bengale, l'assistance prend une mine de circonstance. On a l'impression qu'elle va adresser ses condoléances à son portrait encadré. Quand il annonce que le père dut rembourser la coquette somme de quatorze mille francs à la ville pour une infraction qu'il n'avait pas commise, les gens sifflent de stupeur devant le chiffre et sont de tout cœur avec lui dans cette tourmente financière. « Il est beau », commentent les femmes devant son portrait.

« Que signifie le pseudonyme Loti choisi par Julien Viaud ? » demande le guide. « Fleur de laurier-rose, en polynésien », répond-il. « C'est joli ! » commente l'assistance. On la devine tolérante quand elle apprend la bisexualité de Loti et son appétence. Après tout c'est un héros bien français. Les femmes sont du côté de Blanche, qu'il épousa sans amour : « Il fallait qu'elle soit plus petite que lui, 1 mètre 63, plus riche, noble et protestante. » Et elles la serrent dans leurs bras quand elles apprennent que Loti la cocufia sans interruption.

On lui accorde des circonstances atténuantes : c'est un écrivain.

On parvient dans la salle Renaissance : « Entrez dans l'univers de Pierre Loti », annonce le guide avec des trémolos. Et à la fin de la visite, avec un mouvement de bras, il soupire : « Je dois vous livrer à la triste réalité. » Je le trouve très bon, ce guide qui porte une bague. Il nous captive, nous fait rire. Il faut dire que Loti est un bon sujet. On devine qu'il partage sa ligne de vie : « Mon mal, j'enchante. » Cocteau admirait Loti. Et Guitry disait : « C'est notre maître à tous. » Dans sa chambre si ascétique, qui ressemble à une cellule de moine ou d'anachorète escrimeur, je regarde s'il n'y a pas un uniforme planqué dans les armoires. Pas plus d'uniforme que de casquette. C'est un personnage d'aujourd'hui, Loti, ouvert à toutes les religions, idolâtrant le corps, faisant la fête dès qu'il peut. Un écrivain du spectaculaire d'avant la télévision.

Au bar aménagé au premier étage dans un style arabe, on vend des loukoums. Cette maison nous fait sourire, Cécile et moi. Mais Arnould nous manque. Nous aurions dû visiter cette maison avec lui. Derrière chaque décor, il y a son fantôme. Avec l'âge, on croit s'habituer à la mort. En fait, elle vous révulse de plus en plus. Nous vivons dans un monde où des personnages comme Loti et Arnould nous manquent. L'exquise politesse d'Arnould, son raffinement, ses soupirs, son exigence, et son respect de l'absolu littéraire qui le paralysait. C'était un homme de bord de mer. Sa vie autrefois dans le Cotentin, ses séjours à Saint-Malo, à Trouville et l'été en Algarve. Il mériterait qu'on lui consacrât un livre comme *Lettre à un ami perdu* ou *Il me semble que Roger est désormais en Italie.*

Chaque jour avec Arnould c'était champagne, dans les rades de Liverpool ou au Ritz de Madrid. J'ai parfois envie de composer son numéro de téléphone. Je sais qu'il n'y aura plus sa voix sur le répondeur mais une bande qui m'annoncera que le numéro n'est plus en service. Je l'imagine à Rochefort, en plein hiver : c'est à cette saison qu'il écrivit son papier. Il devait hurler à la mort. D'ailleurs, il avait pris ses quartiers à La Rochelle, aux Brises et au France-Angleterre. Arnould mettait toujours les voiles. La moindre contrainte l'étouffait.

Je suis sûr qu'il m'aurait aidé à élucider cette disparition de la casquette de Loti. À La Rochelle, le magnifique hôtel de Cheusse abrite un musée de la Marine qui dépend de celui de Paris. L'un des jeunes conservateurs m'emmène dans les réserves. Quelle humidité. Je tombe sur une collection hallucinante de scaphandriers alignés les uns à côté des autres, sortis tout droit du *Trésor de Rackham le Rouge*. Il est bien ennuyé, le conservateur, avec cette collection de scaphandriers.

— À quoi ça sert d'en avoir tant ?

— Ils sont là, me dit-il.

— Ça vous dit quelque chose, la casquette d'officier de marine de Loti ?

— Ça n'a jamais été chez nous, me répond-il.

Le mystère s'épaissit. En remontant à la surface, j'ai le plaisir de découvrir dans le musée deux gouaches d'Albert Brenet : l'une représentant La Rochelle, les tours de la Chaîne et de Saint-Nicolas ; l'autre, le *Bonchamps* faisant route vers Terre-Neuve. Nous quittons La Rochelle dans la soirée et faisons route vers la Bretagne. Demain, nous embarquons pour Hœdic.

Septembre en Bretagne

Je l'avoue : chez moi la Normandie a pris le dessus sur la Bretagne. Un père normand, une mère bretonne. J'ai cru ne jamais devoir choisir. La vie s'est chargée de préciser ma géographie. La Normandie, mon quotidien, mon pain noir. La Bretagne, le sable blanc, la voile.

Notre maison de famille, à Douarnenez, est une haute bicoque blanche. Mon grand-père maternel l'achète pendant la guerre. Avec Michel Mohrt, habitant de Locquirec, nous parlons souvent du Finistère, de tous les Finistères. Je ne connais pas un écrivain chez qui la mer se lit autant dans les yeux. Sa Bretagne s'ouvre vers l'ailleurs : New York, Venise. C'est un amoureux de l'Atlantique, de la Manche, de la Méditerranée. Avec Poirot-Delpech, il a navigué au large de Granville. À l'île Grande, il a croisé l'ombre de Conrad.

Mes amours de jeunesse suivent le relief de la Côte sauvage. À l'âge du bac, je prends mes quartiers dans la presqu'île de Quiberon. Je n'ai pas encore lu Jean-René Huguenin.

Dans la journée la plage de Port-Haliguen, la bicylette, les cours de voile, un peu de tennis. Des nuits blanches jusqu'au lever du soleil devant la mer en lisant à voix haute du Morand. Ridicule ! Mais je n'ai pas su extirper ma jeunesse du littoral. Cette Bretagne sera le paysage de mes dix-huit ans.

Je reviens à Quiberon pour embarquer à Hœdic. Nous prenons le bateau des îles, rejoignons des amis. C'est sur ce caillou du golfe du Morbihan que j'ai bu un château La Louvière blanc 1990, au parfum de rose et de miel, qui restera pour moi le vin maritime. Ce pessac-léognan aux arômes exotiques ne vient pas d'un vignoble du littoral, même si la Gironde n'est pas loin. La gravité, la joie, le soleil, la tempête se rencontrent en mer mais aussi dans un verre. Dans l'*Odyssée*, Ulysse doit affronter une mer toujours vineuse.

Le golfe du Morbihan, je l'habite comme une résidence secondaire. Je m'y repère sans me pencher vers ses fonds. En Bretagne, à Douarnenez ou à Quiberon, je convoque Georges Perros, Jean Grenier, Henri Thomas ou Jean-Claude Pirotte. Un temps, ils ont habité la Bretagne. Écrivains du secret, ils appartiennent à la même famille de prosateurs. Leurs textes : des fragments, des galets roulés par la vie et la mer. Sur le bateau des îles, ils sont avec moi.

Cécile et moi, nous avions visité un été en revenant de Concarneau une exposition minuscule consacrée à Perros. Au milieu des cordages, des photos, nous avions surtout regardé un film sur lui avec l'émotion et le silence qu'impose l'enterrement d'un ami.

Un homme qui a écrit *Solitude, mon smoking* fait partie de la famille. Pourquoi ai-je toujours perçu Perros comme un écrivain maritime ? Il disait n'avoir jamais entendu un pêcheur prétendre aimer la mer. Essayez de définir Perros. On n'enferme pas une utopie. Comme l'océan, c'est la poésie parfaite.

> *Jamais las de te regarder océan*
> *c'est que ton discours est le nôtre*
> *Allant venant mais autrement semblable*
> *à toujours être le même et l'autre.*

Il fuit, quitte Paris, la Comédie-Française, la scène et la lumière pour l'ombre d'une vie murmurée. Peut-être est-ce l'obsession de l'échec que je trouve maritime chez Perros. Conscience de n'être rien, comme Pessoa, de ne jamais vouloir être rien, de porter en soi tous les rêves du monde. Il vivait cloisonné, passager clandestin d'un penty dont il avait bouché la fenêtre qui donnait sur la baie de Douarnenez. Naufrage inéluctable : « Goût effréné de l'échec. De la mort. D'une certaine mort. Qui dispose pour un goût effréné de la vie. Pourvu qu'elle ne me demande rien. Si je joue, j'ai peur de gagner. »

La mer, c'est le dénuement. Perros l'a recherché toute sa vie. Une détermination de granit, la légèreté du sable. Tout s'écoule. Tout coule. « Travailler ! Travailler ! Comme si j'avais le temps ! » disait celui qui donnait des cours d'ignorance à la faculté de Brest. C'est surtout cela, un écrivain du bord de mer, un oisif, un personnage baudelairien allongé sur le môle de la vie. Quand je relis Perros, j'ai immédiatement l'impression d'être dans le secret et la clarté de la littérature. Il aimait parler avec les êtres et les choses mais finit par perdre la voix à la suite d'une laryngectomie. Cette mort, à l'hôpital Laennec, devant lequel je suis passé chaque jour pendant des années en ayant une pensée pour ce cousin de Bretagne — ma mère eut pour ami d'enfance celui qui fut l'un des compagnons de Perros à Douarnenez, René Pichavant, un journaliste du *Télégramme de Brest* qui faisait piger ce colosse plein de larmes —, est l'une des fins les plus terribles que je connaisse. Je redoute une mort à la Perros : trop de fumée aura raison de moi.

Un week-end d'hiver, je rejoins Jean-Claude Pirotte à Saint-Malo. Il doit recevoir le prix Perros au Mont-Saint-Michel. Il m'a fallu des mois pour retrouver sa trace. Son « machin », *La pluie à Rethel*, m'avait semblé maritime dans le désespoir et l'échouage. La rumeur affirmait qu'il donnait des chroniques à *La Liberté du Morbihan*. Idée plaisante. Pirotte planqué à Lorient, dans un journal que je connaissais bien pour avoir couvert autrefois le Festival interceltique de Lorient.

Le soir, à Saint-Malo, où il est accompagné d'une jeune femme qui devait plus tard se donner la mort, nous dînons ensemble et buvons des bouteilles de whisky jusqu'à l'aube avec des marins belges dont le bateau de guerre est en escale. En rentrant aux premières lueurs du jour au parc de la Briantais, au-dessus de la Rance, nous cherchons dans la cuisine à boire un dernier coup et déroulons la lance à incendie, à laquelle s'agrippe Jean-Claude, que je hisse par la cage d'escalier jusqu'à sa chambre. Ce fut une cuite hauturière.

À Hœdic, Jean-Paul nous attend à l'embarcadère. C'est l'homme des îles. Il a écrit sur les plus extrêmes, les plus désolées. Lecteur de Perros, il finit un récit sur Raymond Guérin. Il me force à lire les romans et récits de son modèle. *Parmi tant d'autres feux...* s'ouvre sur une description d'arrivée de bateau à Bordeaux. « Parmi tant d'autres feux, les feux du *Désirade* se détachèrent bientôt dans l'ombre de la nuit. » Et reprenant ce livre je découvre que Delphine Rollin fait presque une crise de nerfs devant un port : « Pourtant, elle savait que ça la chavirait de voir un navire fût-ce à l'ancre. Aussi bien, n'allait-elle jamais sur le port. La nuit, couchée dans son lit, elle sursautait quand elle entendait le meuglement d'une sirène. Alors, elle essayait de se raisonner. C'est idiot ! Je n'ai ni fiancé ni mari en mer. Y aurait-il un complexe de la catastrophe ? » Tout est dit dans cette image. On pressent le naufrage des personnages sur les récifs de la vie.

Face à la mer, je lis *Zobain*. Guérin y évoque la névrose sexuelle de sa femme. Les rares moments de bonheur se confondent avec des plages et des visions de mer. Je dis à Jean-Paul combien dans ces moments-là Guérin, si lumineux, me fait songer au Chardonne du *Ciel par ma fenêtre*, à cette écriture fluide des ciels marins et dégagés.

L'après-midi, Jean-Paul travaille dans son bureau à l'étage, devant le phare des Cardinaux. Écrire au bord de la mer est peut-être la seule façon de rendre l'écriture supportable. Le soir, allongés dans un transat, nous dégustons un cigare devant la mer. Comme des lucioles dans le ciel, les écrivains de la Bretagne sont avec nous. Malgré ses odeurs d'étable, de foin, de purin, le cigare est un plaisir de bord de mer. On n'allume pas un havane en plein océan mais sur le littoral. Fumer devant la mer est une sagesse orientale. Ces conversations du golfe du Morbihan, dans la douceur d'une fin d'été, permettent d'évoquer des écrivains hors saison.

Le matin, avant de quitter Hœdic, Cécile et moi prenons un verre de blanc au Café du Nord. Une île, un bar, un phare : le cercle enchanté. Septembre en Bretagne.

Une musique dans la nuit

Retour en Normandie. Chez Bertrand Cras, à Varengeville, sous la bruine et devant un feu de bois, nous buvons un punch. C'est un ancien marin de la Royale, un fidèle de la Martinique. Nous parlons de Jean Cras, son grand-oncle, amiral et musicien, cousin de Victor Segalen.

Le chemin de cette maison planquée derrière le manoir d'Ango, je le connais pour l'avoir emprunté quand je raccompagnais Antony Palou. L'auteur de *Camille* y écrivait son second roman. *Camille* se passe en partie entre Varengeville et Sainte-Marguerite-sur-Mer : « Varengeville était l'endroit le plus merveilleux du monde avec Venise. On y mangeait des soles pour trois fois rien et on pouvait se soûler avec des Anglais sur le port de Dieppe. »

Comme Jean Cras, Antony est breton, mais grâce à Florence, la sœur de Bertrand Cras, il a ses habitudes à Varengeville. Antony raffole des bulots et du vin blanc. Il ne dédaigne pas non plus mon rhum vieux et mon calva.

Comment ai-je découvert l'œuvre de Jean Cras ? Dans le sillage de Fauré, de Debussy. Je recherchais une ligne maritime et musicale. Sur la pochette d'un de ses disques, Jean Cras en uniforme d'enseigne de vaisseau, à bord d'un bateau, cigarette aux lèvres ombrées d'une moustache et tenant dans ses bras sa chatte bleue, Niale. Un visage élégant, rêveur d'officier britannique.

Jean Cras, le seul marin qui emporte à bord de ses bateaux un piano droit. Au-dessus, il accroche son hamac. Surnommé le Loti de la musique, Cras se signale non pas par son extravagance, mais par sa rigueur. Tous les marins connaissent son nom. Il a inventé la règle qui permet de tracer une route maritime. La règle Cras se trouve sur toutes les tables de navigation. Sa devise, une pensée de Marc Aurèle : « Fais de l'obstacle la matière même de ton action. »

Plus jeune amiral de France, il est emporté par une maladie foudroyante à cinquante-deux ans. Une vie trop droite, trop brillante. Elle s'achève par un dérapage, le seul écart de cet homme brûlé par la musique. Jean Cras trouve l'inspiration pendant ses quarts de nuit et remplit son journal de bord de clefs de *sol* : « Je regrette d'être officier de marine, parce que je suis sûr que je ne suis pas dans ma voie en faisant un militaire, parce que je suis sûr que c'est pour la musique que mes facultés étaient le plus développées. »

Voici peut-être la fêlure de Jean Cras : il aurait voulu se vouer à la musique mais ne pouvait quitter la mer des yeux. Aimé de ses supérieurs et de ses équipages, de ses amis, de sa femme, Isaure, Jean Cras croit en Dieu. Rien de débauché chez lui ; au contraire, une recherche de l'élévation. Il lui arrive d'être secoué par des crises de larmes. Désespoir soudain, invasif. Il monte sur le pont. Le chagrin cesse.

Excellent marin, père et mari irréprochables, compositeur, il travaille sa musique jusqu'à l'épure. Il écoute Bach, Beethoven, la mer. Ses trois influences, ses trois rythmes profonds. Le sentiment d'exil le poursuit comme une ombre. Il lit Rodenbach, Samain, ressent des commotions littéraires. Un après-midi de l'été 1919, en rade de Brest, sa ville natale, il feuillette « paresseusement » *La Revue de Paris.* « Soudain mes yeux tombent sur les vers d'Albert Samain que je ne connaissais pas. Une émotion violente s'empare de moi. C'est lui, le poème rêvé, j'en suis sûr, et cependant je ne l'ai pas lu encore. Tout disparaît autour de moi, rien n'existe plus que ces lignes que je parcours fiévreusement. »

Polyphème sera la symphonie majeure de Cras.

Polyphème, cyclope de l'*Odyssée* qui, chez Samain, se crève les yeux et se jette à la mer parce que Galatée lui préfère le berger Acis. Le rêve et la fièvre. La mer et la musique. Le piano et le violon tracent la route de Cras. Il écrit *Journal de bord*, *Soir sur la mer*, *Douceur du soir*, *Paysage marin*. Lyrisme de la Bretagne, folie des Celtes, phrase musicale ample comme l'horizon, minérale comme le granit.

Cras n'admet pas que l'intelligence humaine se dévoie et se mette au service de la barbarie. La guerre de 14 le fait vomir. Il n'hésite pas à couler un sous-marin ennemi, mais rêve d'une paix utopique entre les hommes. En 1914, il navigue sur la mer Ionienne et le canal d'Otrante : « Il fait aujourd'hui un temps radieux, calme, parfait, température douce. Ciel pur... Toute la nature respire la paix, l'amour... Et nous sommes en guerre ! En haine. Sale animal que l'homme. »

Époque de sa vie où il se dit gagné par la lassitude des appareillages, des quarts sur la passerelle. Les sens en éveil, il guette l'ennemi, qui risque de surgir des tréfonds. La guerre vole son bonheur. La vie s'enfuit au fil de l'eau. Dans sa musique, des méditations tristes mais aussi un rythme marqué par l'andante, l'adagio, l'allegro.

Un temps, affecté à Dieppe, il commande la première escadrille de patrouille de la Manche orientale avant d'y être nommé, en 1918, président de la Commission de déréquisition. « Il faut marcher », répète-t-il, pour lutter contre cette fatigue nerveuse qu'il tente de chasser. Il a pris l'habitude de juguler ses émotions, de sortir toujours en grand uniforme, de ne jamais laisser rien paraître. Ce sont ses limites.

Il aimerait que son art pût tout recouvrir, se laisser porter par son inspiration, par l'énergie créatrice qui a fait de lui un surdoué précoce. À quinze ans, il écrit déjà une messe à quatre voix pour orgue. Un bateau est une chambre de composition : le mouvement, la mer, la contemplation, le monde que l'on perd de vue.

Il navigue vers Madère, les Antilles, le Sénégal, l'Adriatique, mais aussi la Norvège et Terre-Neuve. Le feu et la glace se retrouvent dans son œuvre. Sa suite en duo est inspirée par les balafons d'Afrique. Ses poèmes intimes mettent le cap vers l'Islande.

Cras est contemporain d'Albert Roussel, d'Antoine Mariotte. Ils sont nés presque en même temps, dans le dernier quart du XIXe siècle, et morts autour des années 1930. Jamais la musique française, dans le sillage de Debussy, ne s'est tournée autant vers la mer. Toutes deux partagent le même mystère. Le piano et le violon expriment le mouvement ondulatoire des vagues. Nous le ressentons. Nous ne pouvons l'exprimer. La mer et la musique sont l'art absolu. Pour écrire *La mer*, Debussy s'est accroché au mât d'un bateau et a traversé une tempête entre Saint-Malo et Cancale.

En quittant la maison de Bertrand Cras, j'ai besoin comme chaque soir, surtout après avoir parlé de la figure de ce musicien tout en noblesse, d'entendre le ressac. S'ouvrir au monde, à son fracas, pas d'autre issue ! La mer est la chambre d'écho de toutes les tempêtes. Notre époque condamne les vraies ivresses. J'en ai parlé avec Jim Harrison, que j'ai rencontré deux fois, toujours à Paris, autour d'une bouteille de côtes-du-rhône. Sensible à la saudade, l'auteur de *Légendes d'automne* a une gueule de pirate. Il longe souvent le littoral de la Floride. En France, à Saint-Malo c'est un pilier du Bar de l'Univers et de la plage : « L'océan lui-même devenant une arme incroyable contre la claustrophobie qui a terni et trop souvent contrôlé mon existence. Toutes mes valves s'ouvrent en grand lorsque je marche sur la plage de Saint-Malo. »

Les livres de Harrison m'ont donné la discipline de descendre chaque jour à Sainte-Marguerite voir la mer et de résister à la folie. Auparavant, je n'avais jamais pensé à cette philosophie si claire.

Je ne recherche pas un équilibre — notion physique à laquelle je n'ai jamais cru —, je veux simplement respirer une nature que l'on nous escamote. Je ne tourne pas le dos au monde, mais je l'appréhende avec recul, je l'ordonne car plus nous avançons, plus le doute nous envahit. La mer est le seul ordre auquel je crois.

À Sainte-Marguerite, le naufrage est plus lent, plus doux aussi. Après tout, nous sommes poussés vers des récifs sans lesquels la vie n'aurait aucune saveur. « L'orgueil de la victoire m'est insupportable », écrivait Chateaubriand qui, devant la mer de Bretagne, avait juré de dire la vérité.

Je marche à la frange de la mer. La lune réfléchit les falaises sur le sable lavé, vierge de toute trace, parcouru comme à l'origine du monde par des filets d'eau qui se fraient une voie dans le monde minéral. Le phare d'Ailly balaie le visage de craie des falaises. La musique résonne dans la nuit. J'entends la sirène de mon prochain embarquement.

Erreur de cap

J'ai dû me tromper de cap. Vous pensiez que j'allais vous emmener à Valparaiso, dans un port sudiste et désespéré. Par le hasard des courants, je me retrouve au pôle Nord. Je viens de passer le cercle arctique, qui n'est pas aussi chaleureux que l'équateur. Ce soir, je suis à Tromsø, près du cap Nord, en pleine nuit polaire. J'ai fait fausse route. J'aurai dû recourir à un bon vieux sextant au lieu de me fier aux instruments modernes de navigation. Ainsi va la vie : on aimerait vivre au sud et on est perdu sur la banquise, au milieu des ours blancs.

Les rues sont recouvertes de glace. Je marche sur les quais, entre les hangars. À bord d'un chalutier russe un marin fume une cigarette en se demandant ce qu'un type seul peut bien faire à cette heure dans le port. Je ne le sais pas moi-même ou plutôt les raisons mêlées relèvent sans doute en bonne part de l'inconscient.

Tout a commencé et tout finit à Tromsø, port des *finis terrae*. J'imagine que les Vikings sont passés par là avant de descendre vers Dieppe. Mon grand-père maternel venait pêcher, en face, aux îles Lofoten. Ce soir, la lune éclaire la neige des montagnes et la mer : tout semble d'une pureté minérale.

La route a été longue pour parvenir à soixante-dix degrés de latitude nord. Pour le coup, on a le sentiment d'être sur le toit du globe. Ici, plus qu'ailleurs, je ressens sous mes pieds la rondeur de la Terre. J'ai abordé la Scandinavie par le Danemark. Dans tous les ports du monde, un bar souvent sordide, avec des miroirs, et une fille défaite sur un tabouret, porte l'enseigne — néons rouges sur fond blanc ou jaune — de Copenhague. Synonyme de débauche, de liberté des mœurs, ce port a chez les marins une résonance pornographique.

À Copenhague, où au crépuscule le soleil enflamme comme à New York les façades de verre et d'acier, j'arpente les quais de Christianshavn et de Nyhavn. Je recherche une atmosphère à la Mac Orlan, sous la lumière froide. J'entre dans un bar tranquille, au nom cubain, la Bodega. J'ai l'impression de traverser un tableau flamand éclairé par des dizaines de petites bougies, avec des personnages impassibles fumant la pipe. Odeur de confessionnal parfumé au miel. Aux murs des tableaux représentant des scènes maritimes anciennes, des baromètres, des boules de verre dans les filets, mais de marins, point !

Je les traque pendant mes nuits danoises. Ils doivent dormir. Sur les canaux sont certes amarrés des bateaux, souvent en bois : voiliers de plaisance, vieilles coques qui sortent de leur hibernation aux premiers beaux jours.

Les quais abritent aujourd'hui des restaurants, souvent italiens ou chinois. Il n'y a plus de bars à marins. Il y a bien un cabaret avec Asiatiques nues dans un bain de champagne. Rien de vraiment chaleureux, d'attirant. Le luthéranisme européen semble l'avoir emporté.

Mais à Copenhague, à défaut de marins, je vois les plus beaux bords de mer : les tableaux de la glyptothèque Carlsberg. Au Danemark, les fortunes se sont faites à partir de la bière et de la mer. Exilé temporairement, je ne m'attends pas à retrouver le littoral que je regarde chaque jour en Normandie, mon rivage. Deux tableaux de Monet accrochés l'un en face de l'autre et formant presque un paysage continu. L'un est une cabane au bord de la falaise de Varengeville. L'autre, plus méconnu, et plus mystérieux aussi, a pour nom *Ombres sur la mer, les falaises à Pourville*.

Je connais les points de vue où Monet s'est installé pour peindre ces deux tableaux. Ils me sont si familiers. *La cabane sur la falaise à Varengeville* représente une mer verte près des côtes, plus bleue au fond d'où surgissent des ombres, presque des bateaux fantômes. *Les falaises à Pourville* au contraire offrent un bord de mer indigo recouvert par les ombres et un large vert aux touches jaunes.

À la glyptothèque, il y a aussi une vue de la plage de Dieppe, peinte par Gauguin. Le peintre a posé son chevalet sur les galets. Juste derrière les quatre jeunes filles qui semblent affairées à des travaux de couture. Au plus près du rivage, croisent des voiliers, de petites embarcations.

Je vis à l'année dans ces tableaux. Je dois être fou pour m'en échapper et courir encore le monde de port en port. À la fin de l'été dernier, sur la plage de Sainte-Marguerite, avec mon fils Martin, j'ai trouvé un morceau de cadre de tableau déposé par la marée. Il était brûlé aux angles. Mais par le miracle des vagues, des tempêtes et des couleurs, ce simple bout de bois avait capturé la mer.

Je ne pensais pas trouver à Copenhague des paysages aussi familiers. De Gauguin, on voit aussi un tableau de sa période martiniquaise, un bord de mer aux alentours de Saint-Pierre. Je me laisse aussi envahir par *La femme avec des mangues*, ses paysages tahitiens et le mouvement de ses palmiers qui tirent vers le jaune.

Et toi, petit homme, me suis-je dit devant ses

toiles, que recherches-tu d'un littoral à l'autre ? Je m'efforce de tromper la mort, ou plus exactement de l'accepter à chaque voyage pour mieux renaître. Un départ, un appareillage sont de petites morts, comme l'acte amoureux et la jouissance. J'ai voulu me mettre en danger.

L'aventure se confond pour moi avec la mer. Elle a échappé au nivellement planétaire. Les ports sont des mondes verticaux, qui plongent au cœur de la vie. J'ai essayé à mon tour d'écrire un morceau de leur légende. Mes voyages portuaires n'ont été qu'une débauche pour échapper au nouvel ordre du monde. Dépravation, dévergondage, dissolution, intempérance, libertinage, licence, luxure, vice… Tous ces caps de l'inconduite, je les ai suivis avec volupté. Et en même temps, la mer est mon abbaye de la Trappe, mon ascèse. L'ombre des ports, la lumière du littoral : mon déchirement, mon harmonie.

Quand je parle de mes voyages, j'ai l'impression de me mettre à nu. De jouer avec mes muscles. Je préfère me taire. En mer, dans la vie, on est seul. Toute absence loin des siens est un suicide raté ou inconscient. Les marins sont des artistes. Ils ont une toile chaque jour devant les yeux. Et des vies différentes dans chaque port. Appareiller, c'est fuir la mort qui rôde autour de nous.

Ce soir, je suis à Tromsø. Bien avant moi, Simenon y avait fait escale. La dépression entraînée chez certains Européens par l'absence de lumière l'excitait. Il avait été étonné par la vitalité de ce port de l'extrême : « Partout des lampes électriques puissantes, qui font scintiller la neige et donnent au décor quelque chose de féerique. Il n'y a pas d'heure pour dormir. »

Avec ma collection de photos de ports, j'ai amassé des couleurs, de la chaleur pour l'hiver. Je sens bien que l'aventure se termine. Je vais rentrer à Sainte-Marguerite-sur-Mer, rempart contre le chaos. Il est temps de vous dire adieu. J'aimerais vous adresser un geste voltairien de la main, comme celui de Bernard Frank. Quand je le raccompagne en voiture dans une villa au bord de la mer, en Normandie, au bout de l'allée, il se retourne une dernière fois dans un mouvement fugitif et élégant comme s'il s'enveloppait d'une écharpe. « Je regardais la mer, le sable, les rares personnes encore sur la plage, écrit-il dans *Les rats*. Peut-être allais-je devenir fou, alors ce serait mes dernières images conscientes de ce monde. »

Avant de partir, je vais jeter une bouteille à la mer avec à l'intérieur ce journal de bord. Ne vous étonnez pas si, ensuite, vous n'avez plus de nouvelles de moi. Vous pourrez toujours croire que je suis encore à la recherche de la casquette de Loti.

La météo marine annonce une dépression sur Viking, Utsire, Cromarty, Fisher, Forth, Fortis et la mer de Manche.

DU MÊME AUTEUR

Au Mercure de France

MAUPASSANT, LE CLANDESTIN, 2000 (Folio n° 3666)

UN HOMME À LA MER, 2004 (Folio n° 4526)

Aux Éditions Albin Michel

BASSE SAISON, 1991

LA VIE SERA PLUS BELLE, 1994

PORT D'ATTACHE, 1998. Prix François Mauriac de l'Académie française et prix Henri Queffélec

Chez d'autres éditeurs

ROGER NIMIER, LE TRAFIQUANT D'INSOLENCE, Le Rocher, 1989. Prix des Deux Magots

SOUVIENS-TOI DE LISBONNE, La Table Ronde, 1998

PORTS MYTHIQUES, Le Chêne, 2002

ESQUISSES NORMANDES, National Geographic, 2002

VIETNAM, photographies de Nicolas Cornet, Le Chêne, 2004

Composition Bussière
Impression Novoprint
à Barcelone, le 25 mars 2007.
Dépôt légal : mars 2007.

ISBN 978-2-07-034452-9./Imprimé en Espagne.

149272